저, 능력은 평균치로 해달라고 말했잖아요!

16

쿠리하라 마사토

고등학생. 어린 소녀를 구하고
이세계로 전생했다.

C등급 파티 『붉은 맹세』

마일〈아델〉

이세계에서 '평균적'인
능력을 부여받은 소녀.

메비스

검사. 헌터 파티
'붉은 맹세'의 리더.

폴린

헌터. 치유 마법 구사자.
상냥한 소녀지만……

【티루스 왕국】

레나

성격 강한 소녀 헌터.
공격 마법이 특기.

마르셀라

귀족의 딸. 아델의 친구.
'원더 쓰리'의 리더.

고룡

용종의 정점에 있는, 세계 최강 생물.
인간의 언어를 쓰며 지능도 인간 이상이다.

모레나

브란델 왕국의 왕녀.
아델을 찾고 있다.

바노라크 왕국

브란델 왕국

티루스 왕국
'붉은 맹세' 등록국

아스컴으로
돌아가는 반환점

카라미테이

여인숙 사건이
일어난 마을

아스컴령

왕도

마일이
헌터 등록한 마을

왕도

알레이멘령

침공군

왕도
샤레이라즈

제도

산악지대

아르반 제국

오브람
왕국

왕도

트리스트 왕국

왕도

마레인 왕국

왕도

마판

도시

도시

드워프 마을
그레데마르

God bless me?

WORLD MAP

지난 줄거리

아스컴 자작가의 장녀 아델 폰 아스컴은 열 살이 되던 어느 날, 강렬한 두통과 함께 모든 것을 기억해냈다.

자신이 예전에 열여덟 살의 일본인 쿠리하라 미사토였다는 것과 어린 소녀를 구하려다가 대신 목숨을 잃었다는 것, 그리고 신을 만났다는 사실을……

너무 잘나서 주변의 기대가 커, 자기 생각대로 살 수 없었던 미사토는 소원을 묻는 신에게 이런 부탁을 했다.

"다음 인생에서 능력은 평균치로 부탁드립니다!"

그런데 뭐야, 어쩐지 이야기가 좀 다르잖아!

나노머신과 대화를 나눌 수 있고, 인간과 고룡의 평균이어서 마력이 마법사의 6,800배?!

처음 다닌 학원에서 소녀와 왕녀님을 구하기도 하고.

마일이라는 이름으로 입학한 헌터 양성 학교에서 동급생들과 결성한 소녀 사인조 파티『붉은 맹세』로 대활약!

그런『붉은 맹세』가 고룡 장로들과도 교류하게 되고……

마침내 마일의 오랜 꿈이던 '수인 마을'에 갈 기회가!

수인들을 위기에서 구하고 왕국 내를 종횡무진 오가며 유괴된 소녀들을 구출한『붉은 맹세』.

악을 처단하고, 수인이 불러준 고룡 케라곤의 등에 올라타 향한 곳은 '마족 마을'

그곳에서 기다리고 있는 것은……?

God bless me?

CONTENTS

"어라? 레나 씨, 왜 그래요?"

"⋯⋯아, 아무것도 아니야!"

고룡 케라곤의 등을 타고 마족의 거주 지역으로 이동하기. 그 약속이 성립하여 등에 올라타려는데, 레나의 상태가 왠지 좀 이상했다.

그래서 마일이 물어보자 레나는 태연한 척 그렇게 대답했다.

하지만 분명 이상했다.

""""⋯⋯⋯⋯.""""

아무리 봐도 평소답지 않은 레나였지만, 이유를 숨기려고 했기 때문에 마일 일행은 어떻게 말을 건네야 좋을지 몰라서 고민하는 표정을 지었다.

그러다가⋯⋯.

""""아!""""

세 명이 동시에 손뼉을 쳤다.

모두의 머리에 떠오른 것은 오직 하나.

"'로브레스 때의 일 때문이네⋯⋯.'"

그렇다, 비룡 로브레스.

로브레스와의 전투 때를 떠올리고 겁먹은 것이리라.

그때 레나는 마일 때문에 하늘로 붕 날았다가 떨어졌었다. 곤두박질로 말이다.

그 지렸던…… 아니아니 불행했던 사건.

고소공포증이 생겨도 어쩔 수 없다.

기사로서 강한 마음과 각오를 지닌 메비스나 몸이 날아가던 순간 기절해 아무것도 기억하지 못하는 폴린과 달리 1호로 제일 먼저 몸이 날아간 레나는 마음의 준비가 전혀 안 된 상태로 광활한 하늘에서 추락했으니까…….

하지만 이제 와서 『타고 싶지 않다』고 말할 수는 없다.

케라곤의 등에 타지 않으면 대륙의 북단으로 떠날 수 없으니까. 그러면 마일이 소원을 이룰 수 없다. 자신의 두려움 때문에…….

그것을 용납할 레나가 아니었다.

하지만…….

"……."

"…………."

"………………."

새파랗게 질린 얼굴로 미동도 없는 레나.

"'아~…….'"

세 사람 모두 대충 이해했다.

그리고 마일은…….

'레나 씨, 로브레스와 싸울 때 썼던 그 뇌조 1호 작전, 『어떤 마법의 레나 건(초화 염탄)』 때가 떠올라서 겁먹은 거야……. 아, 비룡, 로브레스. 두 번째 비행에 겁먹다…….'

"『비비루 2세』!"*

뭐라고 영문 모를 말을 외치는 마일이었지만 물론 다들 한 귀로 흘렸다.

＊　　＊

하늘을 나는 케라곤의 등 위에 나란히 앉아 장대한 풍경을 만끽하며 즐겁게 담소를 나누는 마일, 메비스, 폴린.

그리고 레나는 그 뒤에서 혼자 스태프(지팡이)를 꽉 붙들고 있었다.

티베트 여우처럼 허무한 표정으로 미동조차 없이······.

스태프를 꽉 움켜쥐고 있는 것은 케라곤의 등에서 미끄러져 추락했을 때를 대비해서일까.

마법을 쓸 때 딱히 스태프는 필요 없지만, 뭐라도 쥐고 있어야 마음이 안정되는 건지도 모르겠다.

뭐, 케라곤이 방호 마법을 쓰고 있으니 떨어질 걱정은 없지만······.

빠른 속도로 비행하는데도 바람이 강하지 않은 걸 보면 금방 알 수 있을 텐데, 그런 것도 깨닫지 못할 정도로 동요한 것일까.

아니, 레나가 지금까지 탔던 이동 수단 중에 가장 빨랐던 것은 승합 마차다. 『빠르게 달리면 거센 바람을 맞는다』는 사실을 모를 가능성도 있다.

---

*겁먹다의 일본어는 '비비루(びびる)'. 비비루 2세는 일본 SF만화《바벨 2세》에서 따온 것. 등장 캐릭터 중에 거대 괴조 로봇 '로프로스'가 있는데 로브레스와 이름이 비슷하다.

말을 타고 달린 적도, 자전거를 탄 적도 없다. 아주 드물게 전 속력으로 달린 적은 있지만 『바람 따위 신경 쓸 상황』이 아니었거 나 『어쩌다 그때만 강풍이 불었을 뿐』이라고 생각하고 별로 의식 하지 않았을 수 있다.

여하튼 마족과 수인을 태운 경험이 있는 케라곤은 무서워서 난 리 부리는 자, 호기심이 왕성해 몸을 밖으로 내미는 자, 잠들었는 데 잠버릇이 고약한 자 등을 많이 겪은 터라 당연히 안전 대책 정 도는 마련해두었다.

그리고 레나는 자기 발밑만 뚫어지게 쳐다보았다.

……아래 세상을 내려다보기 무서웠기 때문에.

사람은 보통 아주 높은 곳에서는 땅을 내려다보기를 그다지 무 서워하지 않으며, 오히려 그 장관에 감동한다. 하지만 어중간하 게 높은 곳에서는 극심한 공포를 느낀다.

지금 케라곤은 바로 그 『인간이 공포를 느끼는 고도』로 비행하 고 있었다.

고도가 높아야 공기 저항이 줄어서 빠르게 날 수 있지만, 공기 가 부족해지기에 마일 일행을 배려해 일부러 낮은 고도에서 날았 던 것이다.

1,000피트(약 300m)당 기온이 2도씩 내려가므로 1만 피트(약 3,000m)의 경우는 지상보다 무려 20도 가까이 낮다. 지상의 기온 이 20도일 때 고도 1만 피트를 비행한다면 0도다.

거기에 바람까지 맞으면 체감 온도는 대폭 떨어진다.

그런 상황에서 만약 케라곤이 방호 마법을 쓰지 않는다면 모두 죽고 말 것이다.

하지만 그런 케라곤의 마음 씀씀이를 제대로 이해하고 있는 사람은 마일뿐이었다.

뭐, 마일도 배리어를 친 다음 그 안에서 압력을 가하거나 적정 온도를 유지하는 것쯤이야 가능하다.

마일이 그 사실을 깨닫기만 한다면 말이다…….

'힘내라, 나. 힘내라, 나. 힘내라, 나……. 고룡의 속도라면 시간이 그렇게 많이 걸리진 않을 거야. 힘내라, 나. 힘내라, 나. 힘내라, 나…….'

조금만 더 참으면.
그렇게 필사적으로 버티는 레나.
가는 길이 있으면 오는 길도 있는 법.
떠나면 돌아와야 하는 법.
거기까지 생각이 미치지 못하고…….

제112장 마족 마을

……레나도 날기 시작하고 시간이 어느 정도 흐르자 서서히 안정을 되찾았고, 이후부터는 비교적 평소와 같은 모습이었다.

레나는 원래부터 고소공포증이 있는 게 아니었다. 그저 그 로브레스 사건 때의 『어떤 마법의 레나 건』이랄지, 『뇌조 1호』랄지 ……그런 것들이 살짝 트라우마로 남았을 뿐이다.

그래서 케라곤이 마법으로 장벽을 쳐주고, 마일이 『만에 하나 추락해도 안전하게 착지할 수 있어요!』 하면서 바람 마법으로 속도를 줄이는 방법을 알려주자 공포심을 극복하게 되었다.

그리하여 케라곤이 착지하고 그 등에서 내려왔을 때, 레나는 완전히 평상심을 되찾았다.

이렇다면 돌아올 때도 걱정 없을 것 같았다.

케라곤의 장벽 마법과 마일의 온풍 마법도 중단되자, 레나는 느낀 것을 솔직하게 말했다.

"……왠지 좀 춥지 않아?"

"그야 꽤 북상하기도 했고, 산을 넘었다지만 이 근방은 표고가 높으니까요."

"그게 추운 거랑 무슨 상관인데?"

""""……헉?""""

고룡 케라곤을 타고 산악지대를 넘어 순식간에 대륙의 북단, 마족의 주거 지역까지 온 『붉은 맹세』.

그리고 갑자기 추위를 느낀 레나의 말에 마일이 대답했더니, 레나가 내뱉은 귀가 의심스러운 말.

전생의 일본에서 쌓은 지식이 있는 마일은 물론이고 메비스와 폴린도 사회적 상식으로 그 정도는 알고 있었다. 하지만 레나는 그런 상식이 없는 모양이었다.

아니, 결코 레나가 무식하거나 세상 물정을 몰라서가 아니다.

폴린은 상인의 딸로서, 메비스는 귀족의 딸로서 다른 나라와의 거래라든지 국정 등에 관한 교육을 받았다.

그에 따르면 지역별 기후 특성은 재배할 수 있는 작물의 종류와 수확량, 동물과 마물의 분포 등에 큰 영향을 준다고 했다.

그래서 두 사람은 과학적인 이유는 모르지만 『북쪽으로 갈수록 춥다』, 『높은 곳일수록 춥다』라는 사실을 경험칙이랄까, 객관적 사실로서 당연하게 받아들였다.

반면 레나는 마차 하나로 다니는 행상인의 딸이다.

먼 나라와 거래할 일이 없고, 끽해야 이웃 나라 근방까지만 활동하는 행상인에게 그런 지식은 필요 없다. 헌터 역시 그런 것을 신경 쓰는 사람은 없다.

기껏해야 겨울에 산을 넘으려는 사람이 베테랑 헌터와 길드 직원과 장비 가게 주인 등에게 방한 도구를 갖추고 가라는 강력한 충고를 듣고 억지로 장비를 사들였다가 나중에야 생명의 은인이라고 눈물 흘리며 고마워하는 정도다.

그렇다, 『산을 오를수록 해님과 가까워지니까 더울 거야』하고 생각하는 사람이 흔했다. 산에 가본 적 없는 사람이나 가긴 갔지만 『어쩌다 우연히 그날은 추웠을 뿐』이라고 생각하는 사람이…….

북쪽으로 가는 것 역시 마찬가지다.

평생에 자기 마을 밖으로 나간 것은 가장 가까운 이웃 마을을 방문한 세 번뿐이거나 하는 사람이 흔한 세계였다. 지식이 부족하거나 한쪽으로 치우쳐 있어도 어쩔 수 없다.

그리고 이번에는 어쩌다가 이런 결과가 되었지만, 이래 봬도 레나는 평민치고는 비교적 지식이 있는 편에 속했다.

"허어어억? 그, 그러니까 여름에도 북부랑 높은 산 위는 춥다는 말이야?"

경악스러운 사실을 알고 레나는 아연실색했다.

"그, 그럼 여름에 너무 더워서 몸이 처질 때는 북쪽이나 산이랑 가까운 도시로 이동하면……."

"네, 그게 바로 귀족들이 하는『피서』랍니다."

"아아아아, 왜 여름철만 되면 귀족들이 멀리 여행을 떠나나 궁금하긴 했었거든! 해변이나 호숫가에 별장이라도 짓고 있나 했는데, 설마 그런 이유가 있었을 줄이야……."

마일이 자세히 설명해주자, 파티에서 그걸 몰랐던 사람이 자기뿐이었다는 사실에 큰 충격을 받는 레나.

행상인이었던 아버지와 이웃 나라를 돌아다녔고, 헌터로서 온갖 도시들을 다녔고, 게다가 독서가였기 때문에 평민 중에서는 지식인이라고 자부했던 만큼 타격이 컸던 모양이다.

"귀족 영애인 메비스는 그렇다고 쳐도 마일이랑 폴린까지 아는
걸 나만 몰랐다니……."

자존심이 상당히 상한 듯한 레나였는데…….

"저도 상인 집안의 딸로서 그 정도 교육은 받았다고요! 마일짱
이라면 몰라도……."

"뭐예요, 그 말! 저도 일단은 귀족 영애인데요!"

욱한 폴린의 반격 그리고 덩달아 디스 당해서 발끈한 마일.

"""ㅇㅇㅇㅇㅇ……."""

『저기~, 죄송한데 저는 이제 어떻게 하면……』

그리고 주뼛거리며 물어보는 케라곤.

"""미안합니다……."""

과연 아무리 마일에게 저자세로 나온다고는 하지만 굳이 와서
마차 대용이 되어준 고룡을 방치하고 그 앞에서 험악하게 말다툼
을 벌인 것이 창피했던 모양이다.

"가, 감사합니다. 이제 저희끼리 어떻게든 해볼 테니까요, 케라
곤 씨는 이만 돌아가세요."

『돌아갈 때는 어떻게 하시려고?』

"""아……."""

그러고 보니 올 때는 하늘을 날아 순식간에 왔지만, 걸어서 돌
아가려면 상당한 시일이 걸린다.

……도중에 잡은 사냥감을 버리지 않고 전부 통째로 가지고 돌

아갈 수 있다는 점만은 좋지만…….

하지만 한번 편리함을 맛본 사람은 더는 예전의 귀찮음을 견딜 수 없다.

"""마중 나와 주시길 부탁드립니다!"""

그래서 일제히 머리를 조아리는 네 사람이었는데…….

"그런데 부를 때는 어떻게……."

그렇다, 마일이 말한 대로 그것이 문제였다.

이 행성에도 전리층 정도는 있겠지만, 무전기 같은 편리한 도구는 없고 나노머신은 그런 용도로 쓸 수 없다. 『담당 이외의 일입니다』하고 나올 테니…….

하긴 일반 고룡은 권한 레벨이 2이므로 나노머신이 말을 걸 수도 없다.

또한 나노머신의 네트워크를 이용하기에는 마일의 권한 레벨이 낮았다.

나노짱이 말하길, 『적어도 권한 레벨 7 이상이 아니면……』이라고 했으니.

수인들이 쓰는 방법은 알려줄 수 없다고 하니, 이렇게 된 이상 고룡에게 연락을 취할 방법이 없다.

그래서 네 사람은 잠시 고민에 빠졌는데…….

"아, 그렇지!"

마일에게 좋은 생각이 난 모양이었다.

"저기~, 초음파 피리를 한 번 불면 베레데테스 씨, 두 번 불면 세라라 씨, 세 번 불면 케라곤 씨가 날아오는 걸로 하면……."

『초음파가 무엇입니까?』

안타깝게도 고룡은 초음파에 대한 지식이 없는 것 같았다…….

"그거, 허풍동화에 나왔던 『인간에게는 들리지 않지만, 펜리르에게는 들리는 소리』 맞지?"

"하지만 그건 일반적인 소리보다 잘 닿기 어렵다고 하지 않았어? 특히 장애물이 있으면……."

"애당초 초음파를 고룡이 들을 수 있나?"

그리고 허풍동화 때문에 지식이 착착 늘어나고 있는 듯한 레나와 메비스, 폴린의 날카로운 지적이…….

"아~ 그냥 넘어가요, 세세한 건!"

"""아니, 그게 뭐가 『세세한 거』야!"""

진심인지 농담인지 알 수 없는 마일의 제안은 그대로 묻혔다.

* *

『그럼 저는 이 근처에서 시간 보내고 있을 테니…….』

"죄송해요, 그럼 부탁 좀 드릴게요."

결국 『며칠 기다리는 것』쯤 일도 아닌 케라곤이 이 근처에서 빈둥거리며 강해 보이는 주변 마물에게 시비 걸고 노는 등 시간을 보내다가 『하늘을 향해 염탄 세 발』을 쏘는 신호가 오면 바로 와 주기로 했다.

늘 쓰는 『파이어 볼 세 발』이 아닌 이유는 거리가 조금 떨어진 곳에서도 알 수 있고, 또 케라곤이 자고 있거나 다른 데 정신 팔려도 알 수 있게 하자고 마일이 제안했기 때문이다.

막힌 데라고는 없는 하늘 위로 염탄을 쏘면 폭염, 폭음에 마력파까지 사방에 퍼지기 때문에 고룡이 확실하게 알 수 있다고 했다.

케라곤은『마족 마을이 어디 있는지 아니까 거기까지 갈 수 있는데……』하고 말해주었지만, 고룡의 등을 타고 등장한다면 아무리 고룡의 방문에 익숙한 마족이라도『붉은 맹세』를 대하는 태도가 이상해질 수 있다고 여긴 마일 일행이 고사했다.

여차하면 괜한 싸움을 피하고자 고룡의 위상을 빌리는 짓도 마다하지 않는『붉은 맹세』지만, 초장부터 그러는 건 삼가고 싶었던 모양이다.

퍼스트 콘택트(제1접촉)는 지극히 자연스럽게, 우호적으로.

그것이 숙녀의 소양.

"……뭐, 마족을 처음 만난 건 스캐빈저를 맞닥뜨렸던 두 번째 유적 때였고 그나마도 싸워서 묵사발로 만들었지만……."

"아르반 제국의 세 번째 유적 때도 수인들이랑은 꽤 말했지만, 마족이랑은 거의 대화가 오가지 않았었으니, 그건 안 치는 게 나을까."

폴린과 메비스의 말대로 마족과의 콘택트는 결코『퍼스트』가 아니었다.

"아, 됐다고요, 세세한 건!"

하지만 마일은 세세한 일에 일일이 신경 쓰지 않는다.

……그리고 비교적 큰일도…….

＊　　＊

"멈춰라!"

케라곤이 내려준 숲에서 빠져나와 가라는 방향으로 걷던『붉은 맹세』는 계획했던 대로 마족 보초병 같은 자에게 발견되었다.

모습은 보이지 않지만 아마 나무 위 같은 데 있겠지.

쓸데없이 시비 붙고 싶지는 않기에 하라는 대로 순순히 멈춰 서는『붉은 맹세』.

"누구냐! 여기가 마족의 나라라는 건 알고 들어왔냐!"

미성년자(로 보이는) 아이 둘에, 이제 막 성인이 된 듯 보이는 사람 둘. 게다가 모두 가녀리고 귀여운 여성. 눈을 씻고 봐도 옷이나 방어구 속에 우락부락한 근육을 감춘 것처럼은 보이지 않는다.

……그리고 마법으로 마족을 이길 수 있는 인간이란 그리 많지 않다.

보초병으로서, 단순히 감시만 하는 게 아니라 침입자를 막는 역할도 맡은 입장에서는 아무리 4대1이라도 쉽게 물리칠 수 있는 상대였다.

그래도 자신은 마족 전투직이고, 상대는 연약한 인간이니까. 만만하게 보고 가볍게 대해도 이상할 게 없었다.

……하지만 보초병은 방심하거나 자만하는 태도를 조금도 보이지 않았다.

상대가 마치 경력 많은 베테랑 병사라도 되는 양 최대한으로 경계하며 대응했다.

몹시 강한 마물들이 득시글대는 산악지대를 고작 넷이서 넘어왔는데도 상처 하나 없이 멀쩡한 모습.

게다가 지친 기색은 보이지 않고, 방어구와 옷도 망가지기는커녕 더러워지지도 않았다.

그 모습을 보고도 상대를 얕잡아보는 사람은 장수하기 힘들 것이며, 혼자 보초를 서지도 않겠지.

이 보초병은 마을 사람들의 생사와 직결되는 중요한 임무를 맡을 만큼의 능력이 있었던 것이다.

그렇다, 전투력뿐 아니라 분석력과 판단력도 뛰어난 『프로』였다……..

"……어라? 이 근방은 마족이 살고는 있지만, 딱히 나라라든지 영지 같은 건……으으읍!"

쓸데없는 소리를 하려는 마일의 입을 황급히 틀어막는 폴린.

"아니, 마족 여러분이 살고 계시는 지역이라는 건 잘 압니다만, 저희는 침입자가……."

그리고 어떻게든 원만하게 풀어가기 위해 우호적으로 말하려고 노력하는 메비스.

"목적이 뭐든 침입자는 침입자지!"

……하지만 상대는 처음부터 적대감이 최고조였다.

하긴 지금까지 『우호적인 인간족』이 굳이 이런 데까지 찾아온 적은 없었겠지.

그리고 정치가나 관리가 여기까지 납실 리도 없다. 온다면 단물 쭉쭉 빨아먹으려는 악덕 상인 아니면 범죄자뿐이다.

게다가 마족 보초병을 경계하게 만드는 가장 큰 이유는 마일 일행이『몇 겹씩 깔아놓은 경계망에 걸리지 않고 여기까지 왔다』는 데 있었다.

보통은 발각되지 않고 이곳 최종 방위 라인까지 올 수 있는 사람이란 없다.

그러니 그것만으로도 경계하는 게 당연했다.

어쨌든 수상한 사람, 악의가 있는 사람이 아니라는 것을 납득시켜야 한다고 생각한 메비스는 별로 내키지는 않지만 어쩔 수 없이 그것을 쓰기로 결심했다.

……그 일에 대해 언급하는 마지막 수단을…….

"저기, 검사 렐트버드 씨의 초대를 받고……."

"뭐?"

메비스의 말에 그대로 굳어버린 보초병.

아무리 인구가 적다지만 한 마을이라면 모를까 개개인이 주거 지역에 있는 모든 마족의 이름을 알 수는 없다. 그래서 이 방법은 불발로 그쳤나 하고 생각한 메비스였는데…….

"그, 그, 검사 렐트버드에게 초대받았다니! 그리고 너는 여, 여자…… 맞지……? 서, 설마…….."

놀랍게도 렐트버드는 꽤 유명인인 모양이었다.

한편 그의 놀라는 모습에 메비스는 왠지 기분이 찜찜해졌다.

"아니 그게, 네가『여자로 보이지 않는다』는 뜻이 아니라! 내가 이상하게 생각한 건 검사 렐트버드는 여자한테 관심 없기로 유명하기 때문이야. 결코 너를 모욕하려는 의도는 없었어!"

메비스의 표정을 보고 뭔가 느낌이 왔는지, 아무리 상대가 여자라지만 경계해야 할 인간 침입자에게 허둥지둥 변명을 늘어놓는 보초병. 그렇게 나쁜 인물은 아닌 듯하다.

"아, 아니, 그건……."

딱히 그 검사와 연인 사이인 것은 아니다. 하지만 지금은 쓸데없는 소리를 할 상황이 아니라고 판단해서 말끝을 흐리는 메비스.

"그리고 대장을 맡았던 자원과도 아는 사이인데……."

그때 마족 리더의 이름을 잘 기억하고 있던 레나가 끼어들었다.

실은 레나도 초대받았었지만, 그 소년의 이름도, 여동생의 이름도 잊어버렸다.

……아니, 애당초 이름조차 물어보지 않았던 것 같다.

그리고 아무에게도 초대받지 못한 마일과 폴린…….

"뭐? 자원까지 안다고?! ……그럼 정말로 아는 사이인가……."

마침 딱 그 두 명을 아는 게 좀 의아했지만, 생각해보면 그리 이상한 일도 아니다. 고룡이 조사를 의뢰한 곳이 그들이 소속된 마을이니까 케라곤이 안내한 장소도 당연히 그 마을인 것은 당연했다.

"……알았다. 그 둘이 인정했다면 아무리 인간이라도 믿을 수 있겠지. 고블린 중에도 착한 놈이 전혀 없는 건 아니니까. 그와 마찬가지로 인간 중에도 착한 놈이 있을 확률은 결코 제로가 아닐 테지……."

말이 너무 심하긴 했지만『인간은 한 놈도 빠짐없이 모두 극악

무도하다』라고 말하지 않았다는 점에서 마족치고는 말이 잘 통하는 편인지도 몰랐다.

"『착한 고블린』이 어딨어?!"

비유에 발끈하는 레나.

그 부분은 그냥 넘어가도 될 것을…….

뭐, 보초도 자신이 무례하게 말했다는 자각은 있었는지 레나의 말은 그냥 한 귀로 흘렸다.

"으음……. 그럼 내가 안내하지……."

잠시 고민하는 듯하다가 그렇게 말하고는 숨어 있던 나무 뒤에서 모습을 드러낸 마족 보초병.

누구냐며 경계한 시점에는 어디 있는지 몰랐지만, 그 정도로 대화를 나누다 보면 대략적인 위치기 파악되기 마련. 그래서 갑자기 나타나도 마일 일행은 조금도 놀라지 않았다.

"잠시만 기다려줘."

보초병이 그렇게 말하더니 인상을 찌푸렸다.

"앗? 으아앗!"

그리고 무슨 영문인지 마일이 화들짝 놀랐다.

"뭐야, 이게……."

"어라?"

이번에는 마족이 깜짝 놀랐다.

"뭐, 뭔가요, 이게……."

"아, 안 거냐!"

놀라서 눈을 부릅뜨는 마족에게, 영문을 모르겠다는 투로 마일이 겨우 대답했다.

"……네, 네. 뭔가 머릿속에 펄스(방형파) 같은 게……."

"펄스? 그게 뭔데……."

마족은 펄스라는 단어를 이해하지 못한 듯했는데, 그건 어쩔 수 없다.

그리고 더 정확하게 말하자면 펄스는 『단시간에 급속하게 변화하는 신호』이기에, 반드시 방형파여야만 하는 것은 아니다.

"아, 으음, 그러니까 맥박이 뛰는 것 같은 신호가 머릿속에……."

"……."

마일의 대답에 조금 무서운 얼굴로 노려보는 마족.

"…………."

"저, 저기, 그게, 으음……."

마족의 태도가 별로 바람직하지 않은 방향으로 달라지자 조금 당황하는 마일이었는데…….

"……아니, 별로 문제 될 건 없어. 그대로 기다려줘."

아무래도 특별히 『곤란한 사태』에 빠지지는 않은 것 같아 안심하는 『붉은 맹세』 일동.

하지만 마족 남자는 기다리라는 말만 하고 아무것도 하지 않았다.

그 부분을 이상하게 여기면서도 하라는 대로 순순히 기다리는 네 사람이었는데…….

"무슨 일이야, 라라크. 『예상 밖의 상황 발생』 신호를 다 보내고……, 뭐야, 이 녀석들은? ……앗? 이, 인간이잖아?!"

머리에 난 뿔로 보아 마족임이 분명한 자가 두 명 등장했다.

"아하! 신호였구나! 아까 그 전기 통신……이 아니라 마력 통신, 『마신』이었네!"

""헉!!""

마일이 소리치자 새로 등장한 두 마족이 경악했다.

처음 만났던 마족은 이미 마일이 마족의 연락 방법을 수신했다는 사실을 알아차려서 지금은 놀라지 않았지만, 나중에 온 둘에게는 경악스러운 일인 듯했다.

"네, 네가 그걸 어떻게!"

"붙잡아라! 절대로 놓쳐선 안 돼!"

"아니, 잠깐만, 진정해, 너희……."

""지금 진정하게 생겼냐아아아!!""

                    *   *

그리고 처음 만났던 마족(이름이 라라크라는 듯한)이 두 마족에게 자초지종을 설명했다.

마일 일행이 렐트버드의 초대를 받았다는 것, 자원과도 아는 사이라는 것, 그리고 『인간들 사이에 알려지지 않은 게 분명한 마족의 연락 방법』이 새어나간 게 아니라 이 소녀가 『수신 능력자』였다는 것 등등을.

"혼혈인가!"

"아니, 설령 인간과 마족의 혼혈이라도 뿔이 없으면 불가능하잖아. 그런데 저 아이는 어째서 수신 능력이 있는 거지?"

"""……"""

"너, 어느 종족의 마을에 가든 나오는구나, 『혼혈 의혹』……"

"몰라요!"

레나의 지적에 부루퉁해진 마일.

하지만 이번에는 『가슴이 조신하니까』라든가, 『엘프 냄새』 같은 말은 듣지 않았으니 그나마 나았다. 그에 비하면 『마력 통신을 엿들을 수 있어서』라는 이유는 마음이 편한 걸까……

"어쨌든 우리 부모님은 모두 적통이니까 적어도 앞에 열 세대 정도는 다른 종족의 피가 섞이지 않았다고요! 인간 귀족은 핏줄에 집착하니까……"

"""아……"""

과연, 마족도 그 정도는 아는지 놀란 얼굴이었다.

"애당초 이 녀석은 뿔이 없잖아. 우리 마족 중에도 마신을 감지할 수 있는 자는 그리 많지 않고, 걔들도 뿔은 있다고. 마족의 피를 이어받았더라도 『뿔 없이』는 불가능해……"

'뿔 없이, 뿔 없이…… 어디서 많이 들어본 문구인데……'

그리고 생각에 잠긴 마일.

'백귀제국? 아니, 그건 아닌데. 으음……, 아아! 『볼테스 V*』!!'

왠지 후련한 표정을 짓는 마일.

"으음, 역시 뿔이 없는 자는 차별받는 건가요?"

---

*일본 애니메이션 『초전자머신 볼테스V』. 뿔이 있으면 귀족, 뿔이 없으면 노예 계급인 사회에서 왕족인 등장인물이 뿔 없이 태어나자 가짜 뿔을 달아 본모습을 숨겼다고 한다.

"""뭐?"""

마일의 갑작스러운 질문에 의아한 표정을 짓는 세 마족.

"왜 뿔이 없다고 차별한다는 거지?"

"너희 인간은 대머리이거나 키가 작거나 배가 튀어나왔거나 가슴이 작다는 이유로 동포를 차별해?"

"""죄송합니다아아아아~~."""

무슨 영문인지 갑자기 무릎 꿇고 사과하는 네 소녀를 보면서 동요를 감추지 못하는 마족들이었다…….

*　*

"……그럼 뒤를 부탁한다!"

"그래, 나만 믿어라!"

신호(마신)에 달려왔던 둘 중 한 명에게 보초를 맡기고, 처음에 만났던 마족 라라크가 마일 일행을 마을로 안내해주었다.

나머지 하나는 마을에 알리기 위해 이미 출발했다.

갑자기 마을에 인간을, 그것도 넷이나 데려간다면 큰 소란이 일어날 게 뻔하다. 그래서 미리 가서 알리는 것이다.

뭐, 마일 일행은 그냥 걸어가니까 한발 앞서 달려간 마족이 마을 사람들에게 알릴 시간은 충분하리라. 촌장과 장로, 마을의 유력자들, 그리고 검사 렐트버드, 리더인 자원과 그 형제자매 등에게…….

라라크는 호출한 두 마족에게 전령 역할과 안내 역할을 맡기고 계속 보초를 설 수도 있었지만, 아무래도 처음 목격했을 때의 상황을 설명할 필요가 있고, 무엇보다도 지루한 보초보다 이쪽이 더 재미있을 것 같았기에, 당연하다는 듯 전령 역할과 보초 역할을 그 둘에게 미루었다.

두 마족 역시 마신 송수신이 가능하므로 보초를 맡겨도 아무 문제 없다. 그게 가능해서『긴급 시 지원 요원』으로 대기 배치된 거니까…….

한 명에게 전령을 맡기면서 나머지 한 명에게는 자기 대신 이 담당 구역에서 보초 서 줄 것을 부탁하자 둘 다 하고 싶은 말이 있는 표정을 지었지만, 라라크는 못 본 척 넘겼다.

당연하다. 누구나 따분한 보초보다는『재미있을 것 같은 일』을 하고 싶을 테니. 그리고 모처럼 그 재미난 현장에 자기도 있을 수 있었는데, 하필이면 전령 역할과 계속 한 곳에서 보초만 서는 역할인 것이다. 그러니 불평이 나올 만도 했다.

……하지만 이건 일족의 일원으로서 중요한 임무다. 으으윽, 하고 분한 표정을 지으면서도 일단은 밝고 씩씩하게『나만 믿어라』하고 대답했다는 점에서, 보초를 이어받은 이 훌륭한 남자는 『어엿한 성인』이라고 할 수 있으리라.

"……라라크. 나중에 자세히 얘기해줘."

"그, 그래……."

"술이랑 안주도 네가 사라."

"……그, 그래……."

원망 가득한 얼굴로 그렇게 말하는 보초와 조금 질려 하는 라라크.

……그리 훌륭한 남자는 아닌 모양이었다.

* *

마을로 이동하면서 조금이라도 정보를 얻으려고 생각했는지, 라라크가 마일 일행에게 말을 걸었다.

"렐트버드한테 초대받았다고 했는데, 녀석이랑은 무슨 사이야? 그리고 왜 초대받았는데?"

"""……….""""

대답하기 어려운 질문이었다.

그리고 그 질문에 대답할 수 있는 사람은 메비스뿐이었다.

"……그, 그러니까 사, 사이는『검으로 최선을 다해 싸웠던 사이』이고 이유는, 그러니까 저를 만나고 싶어서, 라는 것 같은……데요…….."

"호오……."

본인한테 직접 들은 것은 아니기에 단언할 수는 없다. 만약 그 소녀가 과장해서 한 이야기라면 그 검사에게 피해가 돌아갈지도 모른다.

게다가 그것은 마일이 원하던『마족 마을 방문』을 위한 방편일 뿐, 메비스가 정말로 원해서 초대에 응한 게 아니다.

그렇게 생각하니 메비스는 자신 있게 말할 수 없었다.

하지만 마족 남자는 당연히『메비스가 수줍어서』그러는 거라고 받아들였다.

……뭐, 어쩔 수 없겠지…….

"으음, 메이벨은 엄마, 메비스는 강아지 속성, 메리벨은 은장미……."

뭐라고 중얼거리는 마일과 그 내용에 입을 실룩거리는 메비스였다.

"카이와레, 카이이레루, 카이이레루……."*

메비스의 반응은 조금도 신경 쓰지 않고 계속 중얼거리는 마일 그러더니…….

"생각났다!"

머리 위에 전구가 반짝 켜진 듯한 표정으로 손뼉을 쳤다.

"……뭘, 말일까?"

그리고 아직 조금 입을 실룩거리는 메비스.

"그 남매의 이름이요! 왜, 오빠가 레나 씨를 마음에 들어 했고, 여동생이 초대해줬잖아요! 이름이 분명 메릴과 카이렐이었을 거예요. 에헤헤, 저, 꽤 기억력이 좋답니다?"

"쓸데없는 거 기억하지 말라고오오오오~!"

레나가 새빨개진 얼굴로 화냈다.

"왠지 혼혈이 늘어날 것 같은……, 히익!"

아무 생각 없이 그렇게 중얼거리던 마족 남자는 레나가 지금부터 몇 명 정도는 죽일 것 같은 표정으로 노려보자 얼굴이 그대로 굳었다.

---

*카이와레(貝割れ), 카이이레루(貝入れる), 카이이레루(買い入れる).

마일 일행은 그게 츤데레가 수줍음을 감추려고 짓는 표정이라는 걸 알지만, 그런 걸 모르는 마족 남자의 눈에는 죽음의 공포를 느끼게 하는 악귀의 얼굴이었다.

"워워워……."

"내가 말이야?!"

마일이 달래자 오히려 더 열이 오르는 레나.

그리고 늘 그렇듯 터벅터벅 마족 마을로 향하는 『붉은 맹세』였다…….

*　　*

"여기가 마족 마을……."

마침내 그토록 염원하던 『마족 마을』의 초입에 도착해 눈을 반짝이는 마일.

뭐, 마을 자체는 어디에나 있는 흔한 마을이었다. 인간과의 교류가 전혀 없는 게 아니라 기술은 유입되고 있었고 엘프 마을처럼 자연과의 조화를 중요시하며 집을 지은 것도 아니었다.

또 마족의 체격은 인간과 별로 차이가 없기에 집의 크기와 형태도 비슷비슷했다.

다만 뿔이 조금 큰 마족도 있어 출입구가 다소 높은 편이었다.

마을의 규모는 도회지라고 부를 정도는 아니지만, 인구가 제법 있어 보였다.

그야 마을이 너무 작으면 많은 인원을 인간 거주 지역으로 작

업하게 보낼 수 없으니, 원래 마을을 그리 크게 형성하지 않는 마족에게 고룡이 의뢰할 때는 규모가 최대한 큰 마을을 고르는 게 당연하리라.

레나 일행은 엘프 마을에서는 미스터리한 구석이 많은 엘프가 어떤 집에서 어떤 생활을 하는지 몹시 궁금했지만, 마족에게는 흥미가 별로 없어서 그냥 마일을 따른다는 인식으로 동행한 것이었다.

그리고 마일은 누가 봐도 『무리해서 떠들고』 있었다.

자기가 부린 억지에 모두 따라준 만큼 『굉장히 기쁘게 생각한다』는 태도를 보여야 한다고 생각해서겠지.

사실 이번 『마족 거주 지역 방문』의 주목적은 마일의 필생의 사업인 『고룡의 목적』 조사였다. ……이미 대충 짐작하고 있지만.

하지만 마일은 모두가 그 부분을 의식하지 않기를 바랐기에 어디까지나 호기심이 이끄는 대로 구경 삼아 하는 여행이라는 태도를 고수했다.

"이쪽이야."

마일의 어색한 연기는 본척만척, 마을 안으로 안내하는 마족 남자 라라크.

그를 따라간 곳은 마을의 집합소랄지 마을회관이랄지, 뭐 그런 용도인 듯한 건물이었다.

*　*

"인간이, 그것도 미성년자와 이제 막 성인이 된 자들이 굳이 위험하고 험준한 산을 넘어가면서까지 여기에 무슨 일로 왔나?"

초대받아서 왔다는 이야기는 전령이 알렸을 테지만, 단순히 『초대받아서』라는 이유만으로 오기에 이곳은 인간 거주 지역에서 지나치게 멀고 위험하다. 게다가 초대받았다고는 했지만, 상대와 그리 가까운 사이도 아니다.

오히려 딱 한 번 만났을 뿐이다. 그것도 싸움 상대로…….

정식으로 한 것도 아니고 신분이 높은 자가 한 것도 아니고 그냥 적당히 한 초대에 응해 이런 데까지 찾아오는 인간이 있을 리 없다.

"""""…………."""""

그리고 촌장과 장로, 유력자들과 조금 떨어진 곳에는 그때 만났던 리더 자원, 검사 렐트버드, 메릴과『카이렐 오빠』가 마치 가시방석에 앉아 있는 듯이 굴고 있었다.

제일 먼저 당하는 바람에 힘겨루기는 하지 않았던 남자와 폴린의 핫 마법을 맞은 피해자는 보이지 않았다.

……마일 일행은 왠지 그 이유를 알 것 같았다.

그리고 기분이 언짢은 듯한 폴린.

"'아니, 그야 떠올리고 싶진 않겠지…….'"

폴린 이외의 세 사람의 마음은 하나였다.

"내 초대에 응해 여기까지 오다니……."

"그게 아니라 마일이 오고 싶어 해서…….'"

감격에 겨운 렐트버드의 말을 단칼에 자르는 메비스.

"앗, 메릴의 전언을 받고 나를 만나러 온 게······?"

"마일이 오고 싶어 하니까, 여기 오기 위한 구실로······ 아니 이유 중 하나로 들었을 뿐이야."

아무리 그래도 이 마을에 오기 위해 거짓말했다고 말하기는 좀 그랬는지, 레나가 설명을 살짝 바꿨다. ······크게 다르진 않지만.

"그, 그런······."

어깨를 힘없이 늘어뜨리는 렐트버드와 카이렐.

"말이 다르잖아! 너희가 『인간 소녀가 신부가 되러 와 주었다!』 고 해서 주요 인사들을 모으고 의논의 장을 마련했건만! 둘 다 『자뻑남』이었냐!"

자뻑남이란 『도끼병 걸린 남자』를 가리킨다. 자기 멋대로 『저여자는 나에게 반했다』라고 착각하고 마치 사귀는 사이인 양 굴거나 스토커가 되는 등 정상이 아닌 사람이다.

"일단 초대받은 건 사실이고, 관광을 겸한 위로 여행으로······."

이대로는 저 둘이 너무 가여웠기 때문에 마일이 그렇게 감싸주었는데······.

"험준한 산을 넘어서까지 말인가?"

"에헤헤······."

촌장의 지적에 마일은 웃음으로 얼버무렸다.

"그래, 어디서 왔는가?"

촌장이 계속해서 꼬치꼬치 캐물었다.

"아, 네, 티루스 왕국에서 왔는데요······."

"뭐?"

"그게 어딘데?"

"그런 나라는 들어본 적 없는데…….."

원래 이런 세계다. 일반인은 몇몇 이웃 나라 말고는 이름조차 모르는 게 당연했다.

고룡의 의뢰로 먼 곳까지 가긴 하지만, 인간들과 교류하지 않고 마을에서 떨어진 곳에 있는 유적을 조사할 뿐이다. 마을 유지는 말할 것도 없고 실제 현장에 갔던 자들조차도 인간들이 마음대로 지은 나라 이름 따위, 기억하지 않는 자가 많았다.

멀리 있는 나라에는 고룡이 옮겨주니 지도를 펼칠 일도 없다.

그래서 촌장과 다른 마을 사람들의 의아해하는 목소리가 이어졌는데…….

"서, 설마 아득히 먼, 대륙 남서부에 있는 그 나라를 말하는 건가…….."

티루스 왕국을 아는 모양인 장로의 믿어지지 않는다는 듯한 말투에 마일이 시원시원하게 대답했다.

"네, 남서부에 있는 나라의 왕도에서 왔답니다."

"""""""뭐, 뭐라고오오오오오~?!"""""""

그렇다, 그것은 『위로 여행』 같은 단어로 표현하기에는 다소, 아니 지나치게 먼 거리였다.

"마, 말도 안 돼! 그렇게 멀리서 관광으로 여기까지 오는 사람이 어디 있다는 말이냐! 명물이나 명소가 있는 것도 아니고, 인간과는 별로 좋은 관계라고 말하기 힘든 마족이 있는 곳까지 긴 시간을 들이고 큰 위험을 무릅쓰면서……! 바른대로 말해! 진짜 목직이 뭐야! ……하! 서, 설마, 신의 아이를 노리고?!"

""""신의 아이?""""

"""""""아~…….""""""""

누가 봐도 『처음 듣는』 반응에 장로가 쓸데없는 소리를 했다는 걸 깨닫고 어깨를 떨구는 촌장과 마을 사람들.

사이가 썩 좋지 않다지만 그래도 『마족과 인간은 평등하다』고 주장하며 서로 불가침과 범죄 행위 금지 조약을 맺었다. 그래서 『비밀을 지켜야 하니 어린 소녀들을 모두 죽여라!』 같은 폭거를 벌일 확률은 낮지만, 그런 일이 없을 거라고 단언할 수는 없었다.

만약 닥칠 위험보다도 비밀을 지키는 게 더 중요하다고 판단한 다면…….

그래서 『붉은 맹세』 멤버들은 표정이나 행동으로 드러내지 않으면서 『언제든 전투를 시작할 수 있는』 태세를 갖추었다.

"……우리도 체면이 있고 긍지가 있어. 조상님 뵐 낯이 없는 짓, 죽어서 여신님 앞에 갔을 때 신의 나라로 가는 입국 허가증을 당당하게 요구할 수 없는 짓은 저지르지 않아!"

마일 일행의 태도가 살짝 달라지고 스태프를 쥔 손에 힘이 들어가는 모습을 보고 눈치챘는지, 『승부를 겨룰 때』의 리더였던 자원이 옆에서 끼어들었다.

마을 유지들만 있는 곳에 당시 멤버들 중 일부 그리고 소년의 여동생 메릴까지 함께 있는 이유는 당연히 『붉은 맹세』와 아는 사이이고, 그녀들이 이 마을을 방문한 원인(이유)이라고 주장했기 때문이다.

그래서 여기에 있는 마을 사람 중에는 그들의 신분이 낮다고 해서 중개 역할로 발언하는 것을 비난하는 사람이 없었다.

'신의 아이……'

자원은 무시하고 생각에 잠긴 마일.

'신의 아이는 무녀랑 다른 건까?'

현대 일본에서는 미코(神子)라는 말을 무녀의 의미와 혼용하고 있지만, 엄밀히 말하면 그 둘은 정의에 차이가 있다.

하지만 마일은 그런 쪽에 전문 지식이 없었으며, 이번 생에서 『아델』, 『마일』로 공부했을 때도 그런 지식은 익히지 않았다.

"여하튼 그『신의 아이』를 직접 만나 물어보는 수밖에!"

"역시 그렇게 되나아아아아!"

"""역시……"""

마일의 말에 대한 장로와 레나 일행의 대답은 같았으나 물론 장로가 외친 말과 레나 일행이 외친 말은 뉘앙스와 온도에 너무나 큰 차이가 있었다……

* *

서로 정보가 부족한 상태에서 언쟁을 벌여도 상황만 혼란스럽게 만들 뿐이며, 이야기가 진행되지 않는다.

뒤늦게 그 사실을 깨달은 일동은 일단 자기소개부터 시작했다.

"『붉은 맹세』, 티루스 왕국을 본거지로 활동하고 있는 C등급 헌터 파티입니다."

일단 메비스가 파티를 소개했다.

파티 리더가 인사를 마치자, 마일이 상세한 설명을 이어받았다.

상대에게 어디까지 얘기해도 좋은지 판단할 수 있는 사람이 마일뿐이었기 때문이다.

유적이며 골렘이며 스캐빈저 같은 것들을 어떻게 설명해야 하는지, 또는 전부 생략할지 등은 그러한 존재에 대해 제대로 이해하지 못한 다른 멤버들이 판단할 수가 없다. 그러니 마일에게 전부 떠넘길 수밖에 없었다.

"고룡이 수인과 마족 여러분에게 의뢰한 유적 발굴 조사에 대해서는 대충 파악하고 있답니다. 인간들과 다투지 않게 중재한 적도 있고요. 또 드워프랑 엘프 일부 씨족, 수인과도 조금 인연이 있어요. 고룡도 좀 알고요."

"""""뭐 하는 애들이야, 너네~?!""""""

별로 교류가 없는 타 종족과 대화의 장을 여는 것은 몹시 어렵다.

상대 마을을 오가는 것만 해도 많은 시일이 걸리고, 적대관계까지는 아니더라도 폐쇄적이고 서로에게 썩 좋은 감정을 품지 않은 상대와 신뢰 관계를 쌓기란 여간 힘든 일이 아니다.

설령 정상들끼리 또는 외교관끼리 우호 관계를 쌓고 싶어도 그걸 좋게 보지 않는 세력이 반대한다거나, 심하면 일부에서 멋대로 사신을 습격하고 살해하기도……

적어도 이런 어린 소녀들이 할 수 있는 일은 아니었다.

"어떻게 곳곳에 그런 연줄이 있는 거야! ……특히 고룡님(최상위)!"

장로가 그렇게 캐묻자…….

"그게 여러 가지로 사정이 있어서요. 그런데 자원 씨 일행의 일은 보고받지 않으셨는지? 어라, 그리고 보니 제국의 동굴 건은……."

"그것도 너희들이었냐~~!"

제국의 스캐빈저 동굴 건은『붉은 맹세』가 케라곤 이외에 이야기 나누었던 상대가 수인들이고 마족들과는 마지막에 잠깐 만난 게 전부여서, 직접적으로 말하지 않았다. 그래서 그 일과 관련해서는 마일 일행의 이름이 마족 마을까지 전달되지 않은 듯했다.

그리고 고룡은 현장을 맡긴 수인들과 마족들에게 정보를 별로 안 주는 모양이고 수인, 마족 간의 직접적인 정보 교류도 없는 모양이었다.

고룡들 입장에서는 중요한 일인 듯하니 정보가 너무 퍼지는 것을 바라지 않겠지.

"그리고 보니 인간 소녀 네 명이라는 얘기를 들은 것 같기도 하네……."

동굴 안에서의 일은 마족과 수인들에게 알려지지 않았지만 동굴 밖의 일이라면 일단 보고받은 듯했다. 마침내 그 사실을 기억해낸 마족들.

"음? 인간 소녀가 네 명? 네 명의 소녀. 네 명, 네 명……, 아!"

불현듯 혼자 중얼거리더니 갑자기 얼굴이 새파랗게 질리는 마족 촌장.

"잠, 자자잠깐, 장로님, 호, 호호호, 혹시……."

"음? 왜 이래, 갑자기……."

장로는 아직 감이 오지 않는 눈치였지만, 다른 유력자들은 촌장의 말에 생각나는 게 있는 모양이었다.

"서, 설마……."

"고룡님이 전하셨던……."

""아…….""

'아~, 그리고 보니『안전을 위해』우리에 관한 이야기를 각부에 전해두겠다고 했었지…….'

'말했었죠…….'

'말했었지…….'

'말했었네요…….'

"……미안한데 다시 한번 이름을 말해주겠나……."

촌장이 그렇게 부탁했기에…….

"헌터 파티『붉은 맹세』, 리더 메비스 폰 오스틴!"

"이하동문, 붉은 레나!"

"이하동문, 폴린!"

"이하동문, 이사카…… 마일!"*

과연 이 자리에서는 공격으로 오해할 수 있는 폭발과 섬광, 컬러 스모그 등은 자제하는 마일.

그리고…….

"""""죄송합니다아아아아아아~!"""""

'여기서는 무릎 꿇기가 보편화되어 있구나…….'

---

*일본 시대극「오오에도 수사망」의 등장인물 이사카 쥬조의 입버릇.

아무래도 상관없는 생각을 하는 마일이었다…….

*　*

"……그런 이야기야……."

고룡이『건들지 마라, 거스르지 마라, 얽혔으면 우호적으로 대해서 최대한 편의를 도모하고 빨리 돌아가기만을 빌어라』고 경고했었던, 고룡조차 꺼리는『재앙』이 바로 마일 일행이었음을 깨달은 촌장과 그 사실을 곧바로 귀띔받은 장로는 돌변해서 마일 일행이 바라는 대로 마족의 전설을 들려주었다.

물론 말해도 되는 것만 들려줬다는 사실은 마일 일행도 잘 알았다.

그렇지만 협박해서 억지로 토하게 할 생각은 없었다.

그리고 마족의 전승 시리즈를 들은 마일 일행의 감상은…….

"큰 줄기는 다른 종족의 전승이랑 비슷하네요……."

"그런데 내용이 굉장히 편향적이네……."

"이래서는 인간족이 싫어할 거예요……."

"왜 그렇게까지『마족지상주의』인 거냐고……."

그렇다, 불평이었다.

아니, 이야기 자체는 재미없지 않았다. 다른 종족의 전승과 비슷하게 신화와 영웅담으로서의 요소, 스토리성을 갖추고 있어서 마족 아이들에게 들려주기에는 아무 문제도 없으리라.

……단지.

『마족 최고』, 『타 종족 깎아내리기』가 너무 심했다.

그렇다, 레나가 말했듯 지나치게 노골적인 『마족지상주의』.

인간, 엘프, 드워프 등 『인간족』이 싫어할 게 뻔하다.

……수인이 친하게 지내는 게 이상할 정도다.

뭐, 수인은 인간종으로부터 차별받고 있으니, 마족도 수인을 깔보는 종족이기는 하지만 어디까지나 인식만 그럴 뿐 실생활에서의 차별(노예사냥이라든지, 배척이라든지, 괴롭힘이라든지)은 딱히 하지 않고 겉으로는 평등하게 대해주는 만큼 인간종보다 훨씬 상대하기 쉬웠겠지.

게다가 마족은 딱히 수인만 깔보지 않는다.

자기들 이외의 모든 인간형 생물, 요컨대 인간, 엘프, 드워프, 수인, 요정 등 모두를 깔보기 때문에 수인 입장에서는 수인만 무시하는 인간종들보다 훨씬 나을 수 있다.

"……난 그런 상대랑은 엮이고 싶지 않은데."

"나도 최소한으로 필요한 일 아니면 얽히기 싫을 것 같아……."

"계약사항을 지키고 돈만 꼬박꼬박 준다면 참기야 하겠지만요……."

"뭐냐고요, 『엘프, 드워프, 수인, 요정과 같은 실패작이 계속 나와 낙담한 신들이 그러한 실패를 자양분 삼아 만들어낸 최후의 성공작. 그것이 바로 마족이다』라니……. 궁극의 생명체? 완벽한 생물? 『기둥(柱) 속 사내』라니요! 생각 자체를 그만두는 게 낫겠어요, 그런 세계를 이끌어 마땅한 종족? 선민사상도 정도가 있지!"

언뜻 보기에는 다들 정상 같은데.

그리고 지금까지 발굴 현장 등에서 만났던 마족들도 비록 적대하긴 했어도 다들 신사적이었다.

"그런데 왜 이런 썩어빠진 사상에 물들어 있냔 말이에요!"

"그 썩을 고룡 꼬맹이……, 아니 썩을 도련님이랑 똑같네요……."

"폴린, 말이 하나도 순화되지 않았는데……."

"아하하……."

그리고 새빨개진 얼굴로 부들부들 떨고 있는 장로와 촌장 일행.

다들 당사자들을 앞에 두고 말이 너무 심했다…….

평소 같으면 버럭……, 아니 흠씬 두들겨 패줄 정도로 분노했는데.

하지만 상대가 연약한 인간에, 그것도 여자에, 덧붙여 미성년 자와 이제 막 성인이 된 인간이니 실력행사는 언어도단. 그런 짓을 했다가 다른 종족의 귀에 들어가기라도 하면 대대손손 일족의 수치로 남을 것이다.

……무엇보다도 고룡의 경고를 무시하는 것부터가 절대 불가능하지만…….

고룡의 뜻을 거스르는 행동에 저항감이 없고, 또 고룡이 했던 『이 경고를 무시하면 세계는 망한다……고까지 말하지는 않겠지만, 적어도 이 마을 정도는 망할지도 몰라. 물론 그렇게 되었을 경우 우리 고룡은 일절 관여하지 않을 것이야』라는 경고를 조금도 개의치 않는다면 이야기는 달라지겠지만, 고룡이 그런 걸로 농담할 존재가 아니라는 사실은 마족 모두 잘 알았다.

"그……, 그, 그건 아무리 그래도 지나친 말이 아닌지……."

화가 나서 부들부들 몸을 떨고 관자놀이에 핏대를 잔뜩 세우고 서도, 어디까지나 정중하고 예의 바른 말투로 항의하는 장로.

((((화났네, 화났어…….))))

마일 일행도 일부러 마족을 화나게 만들려거나 연장자를 괴롭히려는 의도는 없었다.

……그저 지나치게 기고만장해서 자기들 좋을 대로 주장을 늘어놓고 다른 종족을 업신여기는 마족의 전승을 그대로 인정하거나 거기에 말을 맞춰줄 필요를 느끼지 못했을 뿐이다.

그러니까 분명히 말해서 『불쾌』했던 것이다…….

"뭐, 그런 건 아무래도 좋아요."

"허……."

필사적으로 감정을 억누르고 한 항의를 마일이 『그런 것』, 『아무래도 좋다』고 가볍게 넘기자, 화를 넘어 이제는 황당해진 장로.

"음~……."

마일은 진지한 표정으로 생각에 잠겼다.

아무래도 악의가 있었던 것이 아니라, 다른 생각에 빠져 정말 『아무래도 좋다』고 생각했을 뿐인 듯했다.

"그럼 다음으로 넘어가서. 아까 장로님이 말했던 『신의 아이』라는 사람을 만나보고 싶은데요……."

"""""…………."""""

마일의 요구에 마족 측은 입을 꾹 다물고 아무도 대답하지 않았다.

"저기, 신의 아이 씨를……."

"..............................."

"신의 아이……."

"다 들었다고!"

집요하게 말을 반복하는 마일에게 장로가 화나 소리쳤다.

아무래도 만나게 하기 싫은 감정과 고룡의 지시를 거스를 수 없다는 감정 사이에서 갈등하느라 대답에 애를 먹고 있었던 듯하다.

"으으으……."

물어보지도 않았는데 장로가 먼저 말하지 않았는가.

자업자득.

그래서 다른 마족들조차 말똥말똥한 눈빛으로 조용히 장로만 응시했다.

사실은 『신의 아이』인지 뭔지 하는 존재를 감추고 싶었다는 것을 알았지만 그렇다고 해서 그냥 넘어갈 마일이 아니었다.

"하지만 갑자기 만나게 해달라고 해봐야 신의 아이 씨도 일정이 있을 테니까 내일 부탁드릴게요."

"……."

"부탁드릴게요?"

"…………."

"부 · 탁 · 드 · 릴 · 게 · 요!!"

"아, 알았어……."

'이겼다…….'

전생의 미사토일 때는 상상도 못 할 만큼 강하게 밀어붙이기.

그렇다, 마일은 『상대를 배려해서 하고 싶은 말도 제대로 못 하고 참는』 소극적인 마음을 지구에 두고 온 것이다.

과감한 행동을 해서 튀는 것은 싫어하지만, 이번 생에는 하고 싶은 것을 참지 않겠다. 하고 싶은 말은 하겠다. 예전과 같은 태도로 살면 모처럼 찾아온 두 번째 인생에 의미가 없다.

그러니까 가끔은 강하게, 뻔뻔하게 나가기로 한 것이다.

'음~, 그런데 분위기가 좀 안 좋아졌나⋯⋯. 딱히 시비 걸러 온 건 아닌데. 관계 개선을 좀 해두는 게 좋을까⋯⋯.'

웬일로 상대와의 관계를 고려하는 마일.

그리고⋯⋯.

"그럼 나머지 이야기는 밥이라도 먹으면서⋯⋯. 물론 음식이랑 마실 거는 저희한테 맡기세요!"

"""""""엥⋯⋯.""""""""

마일 일행은 몸에 찬 장비 이외에는 빈손이었다.

그런데도 음식을 대접하겠다고 제안했다.

마을 사람들이 놀라는 것도 무리는 아니다.

＊　＊

"⋯⋯아니, 그러니까 난 메비스 님을 초대하려고 메릴한테 전언을 부탁한 거지! 절대 이상한 쪽으로 착각한 거 아니라고!"

"나, 나는, 따, 딱히 부탁한 거 아닌데⋯⋯ 아니 메릴이 레나짱을 만나러 간 것도 몰랐는데 저기, 그러니까⋯⋯ 남자로서 책임을 져야겠다는 생각에."

"나랑 뭐 있었다는 뉘앙스로 말하지 말라고!"

레나, 얼굴이 새빨개져서 몹시 화를 냈다.

하긴 렐트버드의 말은 어쨌든 카이렐의 말은 오해의 소지가 있었다. 한창나이인 소녀로서는 그냥 넘길 수 없는 말이겠지.

그 이후, 마일이 아이템 박스에서 이미 완성된 요리와 음료(물론 술 포함)를 꺼내면서, 파티 분위기가 되었다.

아이템 박스 그리고 거기서 나온 따끈따끈한 요리에 마을 사람들은 할 말을 잃었는데, 이곳은 식량 사정이 나쁜 변방 지역. 게다가 이 방문자(어린 소녀)들이 음식에 독을 탈 이유는 없다.

자신들의 목숨과 맞바꿔 마을 사람 몇 명 독살해봐야 의미도 없고, 단 넷이서 여기까지 온 뛰어난 실력을 그런 어리석은 용도로 쓸 멍청이는 없으니까.

……그래서 아무 의심 없이 요리와 술에 달려드는 마을 사람들……장로, 촌장, 유력자, 자원, 검사 렐트버드, 그리고 메릴과 카이렐 남매였다.

아이템 박스(마을 사람들의 인식으로는 수납마법)는 마법에 강한 마족인 만큼 인간보다 구사할 줄 아는 자가 많았고, 전반적으로 용량도 컸다. 그래서 인간 도시에서 사들인 물자를 산 넘어 운반하는 것이 그리 힘들지 않았기 때문에, 이런 변경 지역이라도 어느 정도는 문화생활이 가능했다.

그런 이유로 인간 소녀 마일이 대용량 수납마법(아이템 박스)을 구사한다는 사실에 놀라기는 했어도 필요 이상으로 의문스러워하거나 기이하게 여기지는 않았다.

……그 요리가 따끈따끈한 상태라든지, 접시에 담긴 상태로 나왔는데도 넘치거나 흐르지 않았다는 점을 빼고…….

그리고 다소 의문을 느꼈어도 요리를 조금 맛본 시점에 몽땅 날아가 버렸다.

어쨌든 마일이 만든 요리는 이 세계의 요리와는 차원이 달랐던 것이다

사전 준비, 육수, 조리법, 아낌없이 사용한 조미료와 향신료.

마일의 요리 실력과 지식은 일본에서야 평범(그래도 고등학생치고는 충분히 평균 이상이었지만)해도 식량 사정이 나쁜 변경 지역에서 신선한 식재료를 써서 일본식으로 만든 요리들이 마을 사람들의 위장을 사로잡지 못할 리 없었다.

그리하여 『붉은 맹세』와 메릴을 제외하고, 마일이 제공한 도수 높은 증류주를 벌컥벌컥 들이마신 마을 사람들은 만취했다.

"내 손자지만 한심하기 짝이 없구나……. 나 때는 여자 그까짓 거 마음만 먹었다 하면……."

"할아버지!"

촌장의 과장된 (거의 날조나 다름없고 심지어 여자를 비하하는) 자랑담(허풍)이 시작되려고 해서 메릴이 황급히 막았다.

손님이 젊은 여성들인데 그런 이야기를 해서 어쩌려고 그러나…….

"……그런데 어린이 팀이 촌장의 손주였어?!"

레나가 무심결에 소리쳤다.

그러고 보니 메릴이 그냥『마을 소녀 A』였다면 고룡 소녀 셰라라의 등을 타고 온 상황이 설명되지 않는다.

하지만 촌장의 손녀라고 하면 고룡 족장의 딸 셰라라와는 종족은 달라도 동등한 입장이며, 베레데테스를 따라온 셰라라가 메릴과 대화하고 그 내용에 혹해 도움을 자청했다고 해도 이상하지 않다.

게다가 이제 막 성인이 된 카이렐이 중요한 임무를 맡은 점 또한 전부 설명된다.

그 이후로 술과 요리에 기분이 좋아진 마족들과 생각보다 화기애애하게 이런저런 이야기를 나눈『붉은 맹세』였다…….

*　*

마족 상위층과 인사를 끝마친 마일 일행은 이대로 자기 집에 머물라는 촌장의 권유를 사양하고 마을 바로 근처 풀밭에 텐트를 쳤다.

아무리 술자리 분위기가 좋았어도 처음 만난 자, 그것도 별로 우호적이라고 말하기 힘든 자의 집에서 묵으면 방심할 수 없어 계속 긴장해야 하니 마음 편히 쉬기 힘들다.

외부 손님은 촌장 집에 머무는 것이 통례로 이를 거절하는 것은 다소 무례한 행동임을 알지만 어쩔 수 없었다.

이쪽은 상대가 공개를 꺼리는 신의 아이와의 만남을 강요하고 있지 않은가. 그러니 음식이나 마실 것에 뭔가를 타거나 자는 사이에 목을 칠지도 모른다는 걱정이 들기 마련이다.

습격은 마일의 배리어(방호 마법)와 경보 마법이 있으니 곤히 잠들어도 문제없다지만, 아무리 그래도 적지 한복판에서 잠드는 건 그리 마음 편한 일이 아니다.

반면 마을 밖 풀밭이라면 경보 마법을 광범위하게 몇 겹씩 걸 수 있고 공격마법을 연발해도 다른 사람이 휘말릴 위험이 적어 『붉은 맹세』의 입장에서는 그게 더 편했다.

뭐, 가장 큰 이유는 촌장 집에 머물면 휴대식 요새 욕실도 휴대식 요새 화장실도 쓸 수 없어서지만…….

"그래서 만족스러운 성과였어?"

"네! 수수께끼가 풀린 건 아니지만 조각들을 순조롭게 모으고 있어요. 그리고 설령 큰 성과가 없다 해도『여기에는 정보가 별로 없었다』고 확인한 것 역시 엄연한 정보니까요. 『없다』는 사실을 확인하는 것도 중요하잖아요."

레나의 질문에 마일이 그렇게 대답하며 웃었다.

"하긴 거기에 적군이 없다는 정보는 거기에 적군이 있다는 정보만큼 중요하지. 마일의 말이 맞아."

메비스 역시 부모와 오빠들에게 배운 것을 토대로 마일의 생각에 동조했다.

그리고 폴린이 마일에게 물었다.

"그래서 오늘 마족한테 들은 이야기로 뭘 알게 되었어?"

"그게 말이죠……."

마일이 자신이 알아낸 것을 들려주기 시작했다.

"우선 다른 종족에게 알려진 내용이랑 큰 줄기는 일치했어요. 그리고 당사자인 만큼 마족에 관한 내용이 더 자세하게 남아 있었는데, 그 대부분이……."

""""자기 자랑!""""

레나 일행의 목소리가 겹쳐졌다.

"맞아요. 다른 종족을 깔보고 자기들을 위로 올리고. 또 다른 종족 험담, 헛소문 등 근거 없는 악담을 늘어놓는 자는……."

"멀리서 짖는 찌질한 개!"

"약한 개일수록 더 잘 짖는 법!"

"자기소개 잘 들었다!"

마일이 바람을 넣자 레나, 메비스, 폴린이 잇달아 신랄한 말을 쏟아냈다.

"맞아요. 정말로 자신감 있는 사람은 자기 자신을 자랑스러워는 할지언정 남을 나쁘게 깎아내리지 않아요. 그건 자기 가치만 떨어뜨리는 행동이라는 걸 잘 알기 때문이죠. 남을 깎아내리는 건 자기한테 자랑할 게 없는 자들뿐이에요. 다시 말해서……."

"그럼 마일은 마족이 사실은 다른 종족에 대한 열등감과 콤플렉스를 갖고 있다고 생각하는 거야?"

"네. 다른 종족의 전승에 있던 『마족은 자신들을 모방해 만들어진 유사품』이라는 표현. 그리고 마족 전승에 있던 『실패작인 다른 종족의 결점을 보완해 만든 완전한 생명체』라는 표현. 양쪽의 공통점은……."

"""마족은 다른 종족보다 뒤에 만들어졌다……."""

"네. 그리고……."

마일이 충분히 쉬었다가 선언했다.

"마족을 포함한 모든 종족을『만들어졌다』고 표현한 점. 그리고 왜 그런지 거기에『인간』은 포함되어 있지 않죠. 모든 종족의 전승에서 공통적으로. 다른 종족은 전부 열거되어 있는데 왜 그런지 인간만……."

"""아……."""

그리고 마일은 생각했다.

'신의 아이라……. 그런데 이 세계에『신』은 없어. 그래, 이 세계에서『신』을 대신하는 게 있다면 그건 나노머신 그리고 아득히 먼 옛날에 존재했던, 지금은 없는『신의 나라』에 살았다던 존재들……. 그러한 신의 아이란 도대체 뭘 가리키는 걸까…….'

"뭐, 모든 건 내일 신의 아이 뭔지를 만나고 나서의 일이에요."

"또 그 고룡『지도자』꼬맹이 같은 거 아냐?"

"제발 좀 봐달라고……."

마일의 마무리 멘트를 방해하는 레나, 그리고 지긋지긋하다는 표정을 짓는 메비스.

돈이 얽혀 있지 않을 때는 늘 한 걸음 뒤에 물러서 있는 폴린은 그저 쓴웃음만 지을 뿐이었다.

"어쨌든 내일을 기대해봐요."

그렇게 말한 후 늘 그렇듯『일본 전래 허풍동화』를 피로하는 마일이었다…….

                    *   *

"이쪽으로 따라와."

노골적으로 내키지 않는다는 얼굴을 한 촌장과 장로, 그리고 이번에는 마을 유지들이 아니라 삼십 대 정도로 보이는 마족 여섯 명이 마일 일행을 안내했다.

그들은 분명『마일 일행이 신의 아이를 건들려고 할 경우 제압하기 위한 요원』들이겠지. 여섯 명 모두 검이며 창, 단궁 등을 장비하고 있어서 그럴 생각임을 감추려고 하지도 않았다.

……아니, 허튼수작 부릴 생각 말라는 위협 효과를 노리고 일부러 강조하는 듯했다.

'뭐, 어쩔 수 없겠죠…….'

'저쪽 처지에서 보면 무장한 낯선 인간들이 대뜸 와서 자기들한테 어마어마하게 중요한 인물을『만나게 해달라』고 요구하고 있으니까요.'

'호위도 없이 만나게 할 리 없겠지.'

'그래, 저들한테는 당연한 행동이겠지. 우리 때문에 많은 인원을 할애하게 해서 미안하네.'

작은 목소리로 속닥거리는『붉은 맹세』.

인간보다 청각이 뛰어난 마족에게는 속삭이는 소리도 다 들릴지 모르겠지만, 딱히 들으면 곤란한 내용도 아니었기 때문에 마일 일행은 별로 개의치 않고 조용히 대화를 주고받으며 앞서 걷고 있는 촌장과 장로의 뒤를 따랐다.

여섯 남자는 마일 일행 조금 뒤에서 따라왔다. 그래서 일단 목소리를 낮춘다면 잘 들리지 않을 정도의 거리는 되었다. ……상대의 청각이 인간 정도일 때의 이야기이지만…….

그렇게 마일 일행이 안내받은 곳은 일 층짜리 평범한 민가였다.

"여기라네."

장로가 걸음을 멈췄기 때문에 마일 일행도 그 민가 앞에 섰다. 그리고 촌장이 문을 두드렸다.

"나다!"

몇 초 후, 문이 열리고 서른 전후의 여성이 모습을 드러냈다.

"드, 들어오세요……."

아무래도 어제 미리 이야기를 들었는지, 조금 겁먹은 모습이기는 했어도 촌장을 비롯한 다수의 방문을 의아하게 여기는 눈치는 아니었다.

촌장에 이어서 줄줄이 집으로 들어간 일동.

"자, 잘 오셨습니다……."

집에는 여성의 남편으로 보이는 인물과 그 등 뒤에 숨은 열 살 정도의 소녀가 있었다.

현관을 지나면 바로 나오는 방이 거실인지 식사용 테이블과 의자 네 개가 있었는데, 당연히 손님을 모두 앉힐 수 있는 개수가 아니었고 그럴 공간도 없었다. 그래서 모두 서서 이야기할 수밖에 없었는데, 촌장이 재촉해서 소녀만은 의자에 앉혔다.

"이 아이가, 신의 아이라네."

장로가 그렇게 말하며, 의자에 앉은 소녀 쪽으로 손을 내밀었다.

아무래도 이제부터는 촌장이 아니라 장로가 나설 모양이었다.

……그리고 소녀에 대해서는 그저『신의 아이』라고 소개할 뿐 이름조차 알려줄 생각이 없어 보였다.

'이 아이에 관해서는 최대한 알려주지 않겠다는 건가…….'

마일은 그렇게 생각했지만, 그렇다고 억지로 소녀의 이름을 알아내고 싶은 마음은 없었다.

마일이 알고 싶은 건 오로지 정보.

……그것은 이 세계 그리고 인간과 유사한 타 종족의 비밀에 관해서이지, 아무리 특수한 입장이라도 어디 사는 누구의 개인 정보가 알고 싶은 것은 아니었다.

그래서 장로들의 태도를 개의치 않고, 의자에 앉은 신의 아이…… 다소 겁먹은 듯 보이는 유약한 소녀에게 말을 걸었다.

"반가워요. 저는 헌터 일을 하는 마일이라고 해요. 아가씨가 신의 아이라면서요?"

"……."

처음 보는, 그것도 마족과 별로 좋은 사이가 아닌 인간이 친근하게 말을 걸어오는데 두려움도 경계심도 품지 않을 마족 아이는 없다.

게다가 어젯밤부터 줄곧, 아버지 어머니로부터『인간에 관한 무서운 이야기와 경계해야 할 점』을 귀에 못이 박히도록 들었을 이 아이라면 더더욱.

그래서 마일은 다정한 말로 소녀를 안심시키려고 했다.

그리고…….

"어디 고개를 빳빳이 들고 있어?! 무례하구나! 나를 누구라고 생각하는 게야!"

신의 아이라는 소녀는 마일 일행을 조금도 두려워하지 않았다…….

만나기 전에는 『치켜세워주니까 기분 좋은, 세상 물정 모르는 어린애』일까 싶었지만 실제로 만나보니 사실은 신의 아이 대우에 난감해하는 얌전하고 유약한 소녀……인 줄 알았건만, 사실은 거만하고 오만방자한 바보였던 것이다.

"""""더, 더블 트릭!"""""

그렇게 매일 같이 마일의 『일본 전래 허풍동화』를 들어서 소재, 복선, 서사 트릭 등에 익숙함에도 불구하고 보기 좋게 걸려버렸다.

그래서 『붉은 맹세』는 당했다며 순순히 패배를 인정했다.

"아~, 고룡 『지도자』랑 똑같은 바보 꼬맹이 타입인가…….."

"바보 꼬맹이 타입이네요…….."

"바보 꼬맹이 타입이었어…….."

"아하하…….."

'선사 문명(forerunner)일 가능성은 이제 없나…….'

마일은 자신이 세웠던 두 개의 가정 중 한쪽은 『가능성 없음』이라며 머릿속에서 지워버렸다.

그렇다, 소녀는 머리에 귀여운 뿔이 나 있는 것이 아무리 봐도 평범한 마족이었다.

마일이 가정했던 것 중 하나인 『콜드 슬립(냉동 수면) 또는 시간 정체 필드로 보존한 선사 문명인의 생존』은 이제 가능성이 없어졌다.

애당초 수백 년 정도면 모르겠지만, 스캐빈저가 있던 지하 시설에서 보았던 『단순히 빨갛게 녹슨 가루』라든지 『원형조차 남아 있지 않은 구리 덩어리』 등으로 미루어 짐작해보면 선사 문명이 멸망한 뒤 이미 『수백 년』과는 차원이 다른 막대한 세월이 흘렀을 것이다.

그 시설에 있었던 기계류가 녹이 잘 스는 저품질 철 등으로 만들어졌다고는 도저히 생각할 수 없으니까……

설령 중력원으로 원자력 또는 그것을 웃도는 초에너지원이나 태양광 발전 같은 무한에너지를 썼다고 하더라도 그것들을 받쳐줄 기계 자체가 그 긴긴 세월 동안 계속 유지되기란 불가능할 테지.

……그렇다, 콜드 슬립이고 시간 정체 필드고 간에 에너지 제너레이터, 보조 기기, 주변 기기 그리고 캡슐 본체도 수만 년, 수십만 년을 버틸 수는 없다.

게다가 그 세월 동안 지각 변동, 화산 활동, 기타 여러 가지 천재지변으로 지형이 달라지는 대재난도 일어나겠지. 어떤 시설이든 오랜 세월을 견뎌내기란 불가능하다.

'……그렇다는 건 역시, 다른 쪽 가설이……'

그렇게 생각한 마일은 『신의 아이』라고 불리는 소녀에게 결정적인 말을 던졌다.

"……신의 아이 씨는 권한 레벨이 얼마인가요?"

"앗?"

잘났다는 듯 의자에 앉은 채『흥!』하는 태도로 일관하던 소녀가 눈을 커다랗게 떴다.

'이 정도는 괜찮겠지. 다른 사람들은 무슨 소리인지 하나도 못 알아들을 테고, 이렇게 해서 내가『알고 있다』는 건 충분히 전해졌을 거야……. 이제 오늘 밤에라도 단둘이 만나 얘기를 나누거나 나노한테 중계를 부탁해서『뇌내 원격 회의』를 열어도 좋고……. 저런 상태를 보아하니 틀림없는 것 같은데. 이 아이도 나노머신에 대한 권한 레벨이…….'

"도대체 무슨 소릴 하는 것이냐?"

"앗?"

예상과 다른『신의 아이』의 반응에 깜짝 놀라는 마일.

"『권한 레벨』이 무엇이냐? 도대체 무슨 소리를 하는 게야?"

"앗? 아아앗? 허어어어억~~!"

마일, 어리벙벙.

숙녀, 어리벙벙(레이디 보젠*).

"……그, 그럼 어째서『신의 아이』인가요?"

마일의 질문에 소녀는 뭘 그리 당연한 말을, 하는 표정으로 대답했다.

"신의 아이니까 신의 총애를 받는 아이인 게 당연하지 않아?!"

---

*'보젠(呆然)'은 '어리벙벙'을 뜻하는 일본어. '레이디 보덴'이라는 고급 아이스크림 브랜드에서 따온 말장난.

거드름 부리고 잘난 척하기 귀찮아졌는지 평범한 말투로 돌아온 소녀.

……그래봐야 어린애였다.

"앗?"

그리고 아까부터 『앗』만 연발하는 마일.

"그, 그럼 신에게서 직접 신탁을?"

마일이 핵심에 근접한 질문을 하자…….

"아니. 내가 직접 소통하는 건 신이 아니라 모습이 보이지 않는 사자님인데, 사자님은 신의 종이니까 신의 말씀을 전해주시는 거나 다름없지. 그러니까 나는 신의 총애를 받는 자, 즉『신의 아이』인 거라고!"

그 말을 들은 마일은 생각에 잠겼다.

'으~음, 하긴 이 대륙의 종교관으로 보자면 그런 해석도 틀리지 않나……. 아니, 그렇게 해석하는 게 당연해. 그게 진짜『사자님』일 때의 얘기지만 말이야…….'

마일이 짐작하듯 진짜 신의 사자님이 아니라『그것』일 확률이 몹시 높았다.

'……나노?'

【노코멘트 하겠습니다. 다른 자의 담당 사항에 대해서는 제 마음대로 정보를 제공할 수 없습니다.】

'아니, 그거, 말한 거나 마찬가지잖아!'

나노머신의 자폭이나 다름없는 말에 황당해진 마일.

물론 나노머신이 일부러 그렇게 대답했다는 것 정도는 알고 준

『타박』이었다.

'금칙 사항 중에서『특정 세력의 편의를 도모해서는 안 된다』,
『다른 세력의 정보를 탐지 마법이라는 수단에 따르지 않고 제공
해서는 안 된다』에 해당하나…….'

그러한 금칙 사항을 잘 피해 은근슬쩍 자신에게 정보를 알려주
고 있다는 사실을 깨달은 마일은 내심 나노머신에게 고마워했다.

'어쩔 수 없지, 내가 직접 정보를 모으는 수밖에.'

【죄송합니다…….】

'아니야, 순간 깜박하고 물어봤지만 나노한테 물으면 안 되는
거였어. 미안해, 너무 마음 쓰지 마.'

마일은 원래 알고 싶은 것을 뭐든 나노머신에게 묻고 끝낼 생
각이 없었다.

그건 너무 치사한 행동이었고, 그렇게 사는 인생은 재미없다.

사람 목숨이 달린 문제라면 수단과 방법을 가리지 않지만, 그렇
지 않을 때는『마법 행사』라는 형태 이외에는 웬만하면 나노머신
을 의지하지 않으려고 노력하는 것은 결코 이상한 일이 아니다.

'으음, 그럼 직접 물어볼까. 레나 씨 일행과 다른 종족 사람들
이 못 듣도록 단둘이 있을 때……. 그래!'

'나노, 내가 생각한 말을 이 아이의 고막을 진동시켜 전달해주
는 건 가능해?'

기술적으로 가능하다는 것은 당연히 알고 있다. 문제는『금칙
사항』인지 뭔지에 저촉되는지였는데…….

【문제없습니다. 저희가 말을 거는 게 아니라 그저 마일 님의 사념을 고막을 진동시켜 전달할 뿐이니까요. 확성 마법이나 공중에 음파 통로를 형성해 소리의 원거리 전달을 도모하는 마법과 비슷하답니다. 뭐, 그래도 혹시 모르니 『마법 행사』로 해주시면 더 완벽합니다만…….】

아무래도 괜찮은 모양이었다. 원래도 권한 레벨 3, 『나노머신의 대화가 허락된 자』니까 될 거라고 예상하긴 했지만…….

'알았어. 그럼 한다……. 생각한 말을 대상자의 고막을 진동시켜 전달하는 비닉 교화 마법, 발동!『신의 아이 씨, 다른 사람에게는 비밀로 하고 우리 둘이서만 하고 싶은 이야기가 있어요. 오늘 밤, 모두 잠든 후에 집에서 나와 주실 수 있나요? 승낙하시면 한 번, 싫으시면 두 번, 기침해 주세요. 아, 이 목소리는 당신밖에 못 들으니까 소리 내서 대답하지는 마시고요.』

"앗……."

갑자기 눈을 동그랗게 뜨고 놀라는 『신의 아이』.

"왜 그래?"

아버지로 보이는 남자가 이상하다는 얼굴로 소녀에게 물었지만, 소녀는 반응하지 않았다.

다른 사람들도 의아한 표정을 짓고 있었다.

그것도 무리는 아니리라. 신의 아이에게 말을 건 것은 마일인데, 마일은 아까부터 아무 말도 하지 않았고 고개를 신의 아이 쪽으로 돌린 상태로 멍하게 있었다. 그것만으로도 다들 이상하게 여기고 있는데, 신의 아이의 상태마저 이상해지니 의아해하는 것은 당연했다.

그대로 굳어버린 신의 아이.

아마 고막을 진동시켜 전한 목소리가 지금까지의 『사자님』 것이 아니라 주파수와 파형을 마일의 목소리에 맞췄을 테고, 그 내용으로 봐도 분명 『사자님』이 아님을 알았으리라.

마침내 굳은 몸이 풀리고 움직이는 신의 아이.

"후에."

"……후에?"

기침으로 신호를 주는 게 아니라 말을 하려고 했다.

"후에…….."

무슨 말을 하려는 걸까.

이 자리에 있는 모두가 들어도 되는 말일까.

말려야 할까.

마일이 어떻게 할지 고민하고 있는데…….

"후에~~~치!"

"기침이 아니라 재채기인가요오오오오~~!"

"콜록!"

아무래도 조금 전의 재채기는 의도한 게 아니었는지 살짝 얼굴을 붉히며 다시 기침한 신의 아이. 횟수는 한 번. 승낙의 신호다.

……뭐, 그것 말고 다른 대답은 없겠지.

신의 아이가 지금까지 『사자님』과 대화한 것과 같은 방법으로, 하지만 다른 목소리와 말투 그리고 명백하게 『사자님』의 것이 아닌 내용으로 말을 걸어온 것이다.

애당초 목소리의 질감과 현재 상황을 통해 이 목소리(고막의 진동에 의한 메시지)의 발신자가 자신의 눈앞에 있는 은발 소녀라는 사실을 똑똑히 알았을 터다.

『사자님』과 같은 방식으로 자신에게 말을 걸어온 정체불명의 소녀가 보낸, 다른 사람에게 비밀로 하고 대화를 나누고 싶다는 제안. 무시할 수 있을 리 없다. 적어도 자신이 신의 아이라고 믿고 있는 아이로서는.

다른 사람이 많이 있는 지금은 더 말하게 둘 수 없다. 나머지는 밤을 기약하자.

그리하여 마일은 이제 용건이 끝났다고 장로에게 알리고 일찌감치 물러났다…….

*　*

"……그래서, 어떻게 됐어?"

마을 밖에 그대로 놔두었던 텐트로 돌아가, 차를 마시면서 마일에게 묻는 레나.

어떤 결말이었는지는 신의 아이라는 소녀와 『레나 일행은 의미를 알 수 없는 대화』를 나눈 마일밖에 모른다. 그러니 레나가 마일에게 그렇게 묻는 것도 당연했다.

마일은 잠시 생각한 후 대답했다.

"……오늘 밤에 확인할 테니까 조금만 기다려 주세요……."

마일은 물론 신의 아이를 혼자 만날 계획이었지만, 그 사실을 모두에게 숨길 생각은 없었다.

혼자 텐트를 빠져나가는 게 들키지 않을 리도 없고, 적지에서 모두에게 수면 마법을 걸 수도 없는 노릇이니까.

아니, 설령 적지가 아니라도, 그리고 아무리 배리어(장벽 마법)를 친다 해도 그건 『해서는 안 되는 행동』이다.

동료에게 마음대로 수면 마법을 거는 것은 공격 행위랄까, 뒤통수치는 짓이랄까…….

여하튼 반드시 그렇게 해야 하는 이유가 없는 한에는 쉽게 해도 되는 행동이 아니다.

애당초 모두 자기 때문에 멀리 원정 (어쩌다 케라곤 덕분에 짧게 끝나서 밍징이지 원래라면 몇 개월은 길렸을 터) 와준 것이나. 그러니 마일은 이번 여행에서 괜히 숨기고 몰래 행동할 생각은 없었다.

게다가 신의 아이와 일대일(맞짱)로 대화하는 것은 동료들이 알면 곤란한 일이 아니었고, 오히려 그 사실을 감췄다가 나중에 말이 앞뒤가 안 맞으면 오히려 자기 목을 조일지도 몰랐다.

그러니 대화 자체는 솔직히 알리되, 나중에 결과를 보고할 때 내용을 일부 생략하거나 대폭 가필 수정하면 그만이었다. 거짓말은 최대한 줄여서…….

승부는 오늘 밤.

"그러니까 낮에는 마족 마을이랑 주변을 구경해요!"

그렇다, 아직 아침 2의 종(오전 9시)도 지나지 않은 것이다. 밤까지 시간이 많이 남았다.

그리고 모처럼 멀리까지 온 마족 마을이 아닌가. 구경하지 않으면 손해라고 생각하는 것이 당연하다.

"그래, 고룡이 태워주지 않으면 두 번 다시는 여기 올 일도 없겠지……."

"평생 수없이 써먹을 수 있는 얘깃거리예요. 구석구석 구경하자고요!"

"그래, 귀중한 체험이 될 테니까. 앞으로 마족이랑 만날 기회가 생기면 이 경험이 분명 도움이 될 거야."

마일의 제안에 다들 찬성했다.

"그럼 오전에는 마을을 구경하고, 오후에는 마을 주변을 돌자. 마을 밖에서는 값이 좀 나가겠다 싶은 걸 발견하면 사냥이랑 채취도 하고. 어때?"

사냥과 채취는 돈 때문이 아니라 이 주변을 공부하기 위해서다.

그리고 과연 마일의 탐색 마법을 써서 씨를 말리는 치사한 짓을 할 생각은 없어 보였다. 그랬다가는 마족들에게 큰 민폐니까.

"""하아앗!"""

한편 마일은 밤에 있을 접선에 기대를 걸었다.

'신의 아이한테서 도움이 될 이야기를 들을 수 있을까…….'

* *

마을 사람들이 모두 잠들었을 무렵.

마일은 조용히 텐트를 빠져나와 출격에 나섰다.

물론 텐트에서 나오기 전에 은폐 마법으로 모습을 감추고, 실드(차폐 마법)로 소리와 냄새, 진동까지 완전히 차단했다.

마족은 가뜩이나 경계심이 높은데 마을 인근에서 수상한 무리가 텐트를 치고 있으니, 모두 잠들고 불빛이 꺼진 후에도 보초가 있는 것은 당연하리라. 마을 안에도, 『붉은 맹세』의 텐트 근처에도.

그렇기에 마일이 텐트에서 나오기 전에 모습부터 감추었던 것이다.

그리고 아무리 실드를 썼어도 심리적인 부분은 어쩔 수 없으므로 살금살금 조심해서 마을에 들어갔다.

탐색 마법에 『붉은 맹세』의 텐트를 감시하는 듯한 반응이 포착되었다.

마을 입구에도 문지기 둘이 몰래 숨어 있었다.

당당히 지키고 서 있기보다 숨어서 느긋하게 지켜보는 쪽이 더 편하기도 하고, 적의 기습 공격으로 경보를 울릴 새도 없이 순식간에 제압당하는 위험을 줄일 수 있으며 침입자의 방심까지 유도하는, 무척 논리적인 판단이었다.

……마일에게는 하나도 통하지 않았지만…….

아마 『붉은 맹세』에 대응하기 위해서가 아니라 상시 서 있는 마을 보초병일 터다.

마일은 보초병들을 지나쳐 신의 아이가 있는 집으로 향했다.

그리고…….

'좋았어, 신의 아이네 집에는 보초가 없네······.'

탐색 마법으로 신의 아이의 집이 중요 경계 장소가 아님을 알아내고 회심의 미소를 짓는 마일.

낮에 당당하게 만나 마음껏 질문하고, 기대에 어긋났다는 듯 실망하는 표정을 지으며 일찍 돌아가지 않았는가. 그러니 여기가 중요 경계 장소 후보에서 제외되는 것은 당연한 결과였다.

'신의 아이는······ 아, 저기 있네!'

꽤 추운데도 소녀는 밖에 나와 기다리고 있었다.

뭐, 그만큼 마일과 나눌 이야기가 신경 쓰였겠지.

'좋아, 은폐 마법을 해제하고······, 앗, 아니지, 안 돼, 안 돼!'

바로 옆에서 갑자기 은폐 마법을 해제해버리면 소녀가 깜짝 놀라 비명을 지를 가능성이 있다. 그래서 일단 거리를 두고 집 뒤편에서 마법을 해제한 후 천천히 다가가기로 했다.

실드를 조금 광범위하게 펼친 다음······.

"참 빨리도 온다!"

소녀가 소리를 빽 질렀다.

······뭐, 이런 사태에 대비한 것이다.

마일은 신의 아이에게 다가간 다음 좁은 범위의 은폐 마법과 실드를 다시 걸어 자신과 신의 아이를 감쌌다.

이렇게 하면 다른 사람의 눈에 보이지 않고 목소리도 들리지 않으며, 기색조차 탐지할 수 없다. 그래서 이대로 여기서 대화를 나누어도 괜찮았다.

덧붙이자면 공기를 조금 통하게 해서 환기시키면서도 바람은 막아 실드 안 공기를 따뜻하게 하는 편리한 기능도 있었다.

"따뜻해⋯⋯."

신의 아이도 칭찬 일색이었다.

"⋯⋯그래서 뭐야, 할 얘기라는 게⋯⋯. 아니, 애초에 정체가 뭐야, 너⋯⋯."

사자님과 같은 방법으로 자신에게 의사를 전달할 수 있는 존재.

보통은 사자님이 아니라면 자신과 같은 존재, 그러니까『신의 아이 중 한 명』이라고 생각하는 것이 자연스러운데, 이 소녀는 마일이 하등한 인간이고 나이도 자신과 비슷하니 자기보다 아래로만 인식했다. 그리고⋯⋯.

"⋯⋯그 복장. 헌터라고 했었지, 오늘 아침에 만났을 때⋯⋯. 별다른 재주가 없는 사람이나 하는 위험하고 돈 안 되는 밑바닥 직업인⋯⋯."

마족은 인간 도시에서 살지 않으며 마족 중에는 헌터와 관련된 길드도, 그런 직업도 없다. 그런데도 마을 밖으로 한 발짝도 나간 적 없는 신의 아이가 헌터에 대해 그만큼이나 알고 있는 것은 대단했다.

아마 많이 공부한 것이리라.

그리고⋯⋯.

"⋯⋯저 말인가요? 어떨 때는 애꾸눈 마부(운전수)⋯⋯, 아, 지금은 그냥 넘어갈게요!"*

무슨 소리인지 알아들을 수 없어 어리둥절한 표정인 신의 아이.

*영화『타라오 반나이(多羅尾伴内)』의 명대사.

"으음, 당신은 『사자님』과 대화할 수 있다고 했죠? 그리고 자기가 신의 아이라고 굳게 믿고 있고……."

"실례야! 굳게 믿고 있는 게 아니라 실제로 신의 아이라고!"

'아~, 뭐, 본인의 주관으로는 그런가…….'

그 부분은 더 지적하지 말자고 생각하는 마일.

"으~음, 여튼 『사자님』의 목소리를 들을 수 있다는 점 때문에 어린 시절부터 신의 아이라며 사람들이 떠받들고 해달라는 대로 다 해주고 그렇게 호사를 누려왔다는?"

"그럴 리 없잖아! 『사자님』의 목소리는 나만 들을 수 있는데, 어린애가 그렇게 주장한다고 어른들이 순순히 믿어주겠어?!"

"하, 하긴……."

보통은 어린애 농담이라며 그냥 무시하면 다행이고, 잘못하면 거짓말쟁이가 되는 것도 모자라 신에 대한 모욕이라고 해서 일이 커지겠지.

"그럼 어째서……."

마일이 궁금해하자 소녀가 딱 잘라 대답했다.

"노력했으니까!"

"노, 노력……?"

그 말을 들어도 마일은 잘 와 닿지 않았다.

"그래. 마법 연습 도중에 처음으로 『사자님』의 목소리를 들은 후로, 잘 모르는 건 몇 번이고 몇 번이고 반복해서 집요하게 질문하면서 아주 조금씩 『사자님』의 설명을 이해할 수 있게 됐어. 몇 년에 걸쳐서 말이야……. 그렇게 해서 겨우 얻은 예지를 마을 사람들에게 도움이 되게 쓰려고 했는데, 처음에는 아무도 믿어주지 않고 바보 취급하고 거짓말쟁이라고 하고…… . 그래도 좌절하지 않고 계속 제안, 충고를 계속했고 아픈 사람에게 치료법을 권하다가『어린애 장난 때문에 죽으면 어쩌려고!』하면서 혼나고 얻어맞기도 하고, 아기에 대한 방역을 알려주려다가『아기는 애들 장난감이 아니야!』하면서 발에 걷어차이기도 하고…… ."

그 기억이 떠올랐는지 살짝 눈물을 글썽이는 신의 아이.

'어라…… . 이 아이, 성실하고 착하네…… .'

"그래도 서서히 실적이 쌓이니까 다들 내가 정말『사자님』의 목소리를 듣는다는 걸 받아들였고, 그제야 신의 아이로 평가받게 된 거야. 뭐, 제안과 충고를 진지하게 들어주게 되었을 뿐이지 딱히 떠받들 거나 호사를 누리게 해주거나 맛있는 음식을 바친다거나 하진 않지만…… . 자기들 좋을 대로 이용하고 그냥 일을 시킬 뿐."

"야박하네~!"

그 불굴의 노력에 감탄하고 소녀를 다시 보면서도 한편으로는 생각했던 것과 다른 사람들의 대우에 마일은 속으로 몰래 눈물을 흘렸다.

'그렇구나, 내가『나노에게 하나부터 열까지 다 물어보지는 말자』고 방침을 정한 것과 달리, 얘는 하나부터 열까지 다 물어보는 방침이라는 건가…… . 하긴, 나야 상황을 알고 있고 이 세계의 문명은 지구보다 훨씬 뒤처져 있어서 그렇게까지 궁금한 것도 없었고, 무엇보다도 나는『두 번째 인생을 즐기고 싶다』는 생각이 강해서 미리 스포 당하고 싶지 않았지…… . 하지만 이 아이한테는 이게 유일한 인생이고, 자신과 가족 그리고 마을 사람들이 조금이라도 더 안전하고 행복하게 살기 위해 가진 능력을 전부 발휘해야 했을 거야……. 그래서 궁금한 점, 마을에 생긴 문제의 해결법, 기타 여러 가지를 그때그때 이해할 때까지 수없이 반복해서 나노머신에게 질문하고 서서히 지식을 쌓으면서 『논리적 사고법』을 익힌 거야……. 어른들에게 무시당하고 거짓말쟁이라고 매도당하면서도……. 게다가 생각해 보니까 어른들은 이 아이를 『신의 아이』라고 하지 절대 『신의 아이님』이라고 높여 부르지 않았어. 즉, 자기들한테 이익이 되는 역할은 요구하면서도 고마운 마음과 경의를 품거나 특별대우해 주지는 않고, 자기들보다 아래인 『마을 아이』로 대하는 건 변함없다는 건가……. 제삼자에게 보여줄 수 없는, 마을에 필요하고 중요한 존재라고 인식하면서도……. 자기들보다 상위인 존재의 탄생은 용납하지 않고, 자기들의 명령대로 움직이는 하위에 머무르게 했다는 건가…….'

어린 소녀에게 그것은 얼마나 힘든 길이었을까…….

"……나만 계속 얘기했는데 그러는 넌 정체가 뭐야! 인간, 그것도 하찮은 헌터 주제에 고룡님이랑도 아는 사이 같고, 또 어떻게 『사자님』과 같은 방법으로 나한테 말을 걸 수 있었지?!"

아무래도 마일이 『사자님』일 가능성은 조금도 고려하지 않는 듯했다.

그야 무리도 아니겠지. 여신의 사자이며, 모습을 드러낸 적 없는 『뭐든 다 아는 정체불명의 고위 존재』가 이렇게 얼빠진 얼굴을 한 하천한 인간일 거란 생각은 정말 손톱만큼도 해보지 못했을 테니까.

그러니 할 수 있는 생각은…….

"아, 그런가! 너, 『사자님』이 불쌍히 여겨 자비를 베풀어주신 인간 신의 아이구나?! 『사자님』을 통해 여신님으로부터 나에 대한 어떤 사명이라도 받은 거니? 내 종이 되라거나…….."

그런 거라면 『사자님』을 통해 전언이 자신에게 전달된 것도 납득이 간다.

그렇게 여기고 인간 신의 아이는 자신보다 아래라고 믿어 의심치 않는 마족 소녀.

마일이 자신에게 경의를 표하기 위해 아주 멀리서 찾아왔으니, 그렇지 않아도 자신들이 인간보다 급이 높다고 생각하는 마족 소녀가 그렇게 받아들이는 것은 당연했다.

하지만…….

"아니, 나노……『사자님』과 대화는 할 수 있지만, 난 딱히 여신을 알거나 관계자는 아닌데…….."

여신이 아니라 신과 아는 사이인데, 하는 말은 속으로만 하고 입 밖으로 꺼내지 않은 마일.

이 소녀가 생각하는 『여신』이라든지 『신』은 자기가 만난 신과는 전혀 다르다고 생각했기에…….

"허억! 그게 무슨……. 아, 그런가! 그럼 여신님께 선택받은 나와 다르게, 넌 그냥 『사자님』의 말씀을 들을 수만 있는 종인가 봐!"

지나치게 거만한 소녀의 말에 마일은 으으윽 하고 이를 살짝 악

물었지만, 상대는 어린애라며 자신을 달랜 후 생긋 웃었다.

그렇다, 지금은 정보를 얻어야 할 때다. 어린애의 짓궂은 말 따위 한 귀로 흘려야 한다.

"하여튼 그렇게 해서 난 여신의 말씀을 들을 수 있는 신의 아이가 된 거야. 여신님이 종교적 성격의 지시를 내리시는 건 아니고, 그냥 내 질문에 대답해 주시거나 예지 일부를 귀띔해 주시지. 금칙 사항이라면서 안 알려주실 때도 있지만……."

『사자님』의 지시에 따르는 자를 경계할 필요는 없다. 그래서 신의 아이는 솔직하게 이것저것 말해주었다.

소녀의 설명에 대충 파악이 끝난 마일.

그렇다, 재능이 남달랐고 적성이 있어서 우연히 『권한 레벨 3』이 된 마족 소녀가 마법 연습 도중에 자기도 모르게 나노머신에게 말을 거는 듯한 말을 내뱉었고 나노머신의 대답을 들은 것이다.

시도한 주문 중에 『마법을 다스리는 것』에 관한 부탁 또는 사념이 들어가는 경우는 충분히 있을 법하다.

"그리고 해마다 한 번 있는 『고룡님의 방문』 때 촌장의 지시로 고룡님과 이야기 나눌 기회가 있었어. 그때 선사 문명의 유적에 관해서 고룡님께 알려드리고……."

"자, 자자자자, 잠깐~~!"

소녀의 갑작스러운 폭탄 발언에 무심코 소리친 마일.

방음 결계를 쳐서 천만다행이었다…….

"그, 그그그, 그게 도대체, 무, 무무무, 무슨 말……."

"응? 아니, 지금까지 『사자님』에게 했던 여러 질문의 대답 중에 종종 있었는걸?『먼 옛날에 멸망한 문명』이야기가……. 그래서 내가 거기에 대해서 이것저것 물어봤고, 그 부분은 금칙 사항의 폭이 넓길래『중요한 건가 보다』싶어서 더 질문 공세를 펼쳤지. 대답 안 해주면 질문 방식을 바꾸거나 다른 방향으로 틀어서, 어쨌든 금칙 사항이 많은 쪽을 계속 공략했던 거야. 그렇게 들은 작은 단편들을 하나하나 이어붙여 낸 결론은『이 세계, 위험하다!』였고……. 그래서 고룡님들께 그걸 알려주고 이런저런 의논을 했지.”

“굉장한 능력자였잖아요오오~! 위험한 건 당신 같은데요!”

마일이 일부러 택하지 않았던『하나부터 열까지 전부 나노머신에게 물어보기』라는 방법을 고른 소녀이지만, 이 정도 문명의 세계에서『폐쇄적인 시골에 사는 평범한 소녀』치고는 머리가 지나치게 비상했다.

하지만 아마『권한 레벨 3』을 주기에 적합한 존재로 원래부터 능력이 무척 뛰어났겠지.

보통 고룡은 레벨 2, 인간은 레벨 1로 태어나고 아주 드물게 레벨 2, 그리고 아주아주 드물게 레벨 3인 인간이 나오기도 한다. 하지만 마족의 경우에는 레벨 2~3인 존재가 인간에 비해 발현될 확률이 높다는 것을 쉽게 예상할 수 있었다. ……마법의 적응도를 보건대 말이다.

그래도 레벨 3이, 오랜 세월에 걸친 연마 끝에 늙어 죽기 직전 도달하는 게 아니라 이렇게 어릴 때부터 발현된 것은 놀라웠다.

아마도 격세 유전이나 돌연변이, 기타 그와 비슷한 이유로 나노머신에 높은 판정을 받았거나 아니면 뛰어난 지성을 가진 마족 진화의 최선단에 있는 존재일까.

그것도 아니면 선행종으로 역사의 틈새기에 나타났다가 그대로 사라지는, 진화계통수에 피는 수꽃일까…….

어쨌든 지금 여기에 존재하는 생명으로서 이 소녀는 이 행성 굴지의 지적 생명체라고 말할 수 있겠다.

"하지만 고룡님들이 내 설명을 잘 이해하지 못하더라고…….일상적인 부분에 있어서는 아주 총명하신 분들이지만, 평소와 다르고 새로운 건 이해력이 모자란 것 같아……."

소녀의 푸념에 마일은 왠지 공감이 갔다.

'아아, 뇌가 작으니까……. 억지로 뇌를 진화시켜 지성을 높이는 것도 한계가 있어서 더 이상의 발전은 기대할 수 없나. 자연직인 진화가 아니라 뇌가 작은데도 무리해서……. 용량이 한계에 다다라 여유가 없는 건지도…….'

고룡에게 몹시 실례인 생각이었는데, 마일이 전생에서의 지식을 기반으로 세운 추론상 고룡의 존재를『그렇게』여겼던 것이다.

현재까지 고룡은 인간보다 높은 지성을 가졌다고 하지만, 고룡이 두뇌 자원을 최대한 쓴 상태이기 때문에 장기적으로 봤을 때 더 발전할 여지는 없으리라.

반면 인간, 엘프, 드워프 등 인간종. 그리고 수인과 마족, 요정 등을 포함하는 인간형 생명체는 아직 발전하고 진화할 가능성이 많이 남아 있다.

그렇다, 마일은 고룡이 어디까지나 그 정도 수준에 지나지 않는다고 생각했던 것이다.

'그런데 아무리 온갖 각도로 집요하게 물어봤다지만 그 정도까지 알려줬다고? 나한테 붙어 있는 나노는 훨씬 인색하거든? 훨씬 쩨쩨하거든?'

【조용히 하세요! 마일 님은 뭘 많이 아셔서 그 방면의 질문이 전부 금칙 사항에 걸린단 말입니다! 하지만 이 소녀는 아무것도 몰라서 질문 하나하나가 단순하고 한정된 범위 내라 대답할 수 있는 게 많다고요!】

'아, 그렇구나……'

나노머신이 말하는 뉘앙스를 왠지 알 것 같은 마일.

【그리고 저희에 관한 정보와 다른 세력에 관한 정보, 이 세계의 미래에 큰 영향을 미칠 사안에는 제한이 크지만, 이 세계에 관한 일이라도 이미 지나간 과거라면 크게 영향을 주지 않기 때문에 제한이 별로 없습니다.】

'아~, 그렇구나……'

나노머신의 설명에 납득하는 마일.

마일도 『선사 문명인들이 이 행성을 떠나 다른 행성으로 갔어?』와 같은 질문을 했다면 나노머신은 아마도 『네』 또는 『아니오』라고 대답했으리라.

아무리 나노머신이 이 행성에 살포된 것이 그 이후였다고 해도 그 시기에 남아 있던 소수의 사람들이 문명을 유지했을 테고 기록들도 남아 있었을 테니 그 정도 정보는 당연히 구할 수 있었겠지…….

"여하튼 그렇게 해서 고룡님들께 권한 거야. 선사 문명이 멸망한 원인인 재앙이 다시 일어나는 것에 대비해 미리 조사해야 하지 않겠느냐고. 그랬더니 고룡님들 사이에 전해지는 전승인지 뭔지에 그 비슷한 이야기가 있었다는 걸 알았나 봐. 내가 설명한다고 꽤 고생한 후에, 그 이야기를 전해 들은 고룡 장로님이 비닉 전승의 일부를 상위층에 공표해서……. 그렇게 조사가 시작되었는데 아직 이렇다 할 성과는 없나 보더라고. 뭐, 고룡님들은 수명이 길어서 일상이 따분할 테니 시간 때우기용 소재 하나 얻은 정도로만 여기고 있을지도 모르지. 급한 것도 아니고 앞으로 어떻게 될지 모르는 이야기니까……."

"역시 전부 당신이 한 짓이었군요오오오! 그리고 시간적 여유가 별로 없을 것 같다고요!"

"뭐?"

버럭 소리치는 마일과 영문을 몰라 입을 쩍 벌린 신의 아이.

"……아, 아니에요. 아무것도! 여하튼 전 궁금한 점을 다 물어봤어요. 당신은 뭐 더 물어볼 것 있나요?"

"아직 하나도 안 물어봤는데!"

……과연 지금까지 마일이 물어보거나 소녀가 일방적으로 말했을 뿐이지 마일이 설명한 것은 거의 없었다.

"여하튼 넌 내 종으로 『사자님』이 보내주신 거 맞지? 그럼 앞으로 내가 시키는 잡일을 하고, 또 우리 집에 먹을거리를 가져다주도록 해. 아무리 연약한 인간이라도 헌터니까 식용 동물이랑 하급 마물 정도는 잡을 수 있겠지?"

눈을 반짝거리며 마일을 응시하는 신의 아이.

고기에 꽤 굶주린 듯했다. 그리고…….

"아니거든요! 누구더러 종이래요?!"

물론 마일은 온 힘을 다해 부정했다.

＊　＊

"허어어어어어억! 종이, 아니라니…….'

마일의 자세한 설명을 들은 신의 아이는 실망해서 어깨를 늘어뜨렸다.

"내 종이 된 헌터한테 마물을 잡게 해서 모처럼 고기를 배불리 먹을 수 있을 줄 알았는데…….'

역시 고기에 굶주려 있었다.

하긴 대륙 북단인 데다 표고도 높은 이 근방은 기온이 낮아 동물, 마물의 먹이인 식물이 별로 풍부하지 않으리라.

식물이 부족하면 그만큼 곤충과 소동물도 적을 테고, 그럼 필연적으로 그것들을 먹는 큰 동물과 마물들도 적다.

물론 한랭지인 만큼 농작물도 잘 수확되지 않겠지.

게다가 다른 지역과의 교역마저 거의 없다면 풍족한 생활을 기대하기는 어렵다.

그런 문제도 있어서 이 소녀가 열심히 지식을 쌓으려고 한 것이리라. 모두의 삶을 조금이라도 더 편하게 만들어 안전하고 행복하게 살 수 있도록…….

실망한 신의 아이에게, 그녀가 『이 세계, 위험해!』 하고 생각하게 만든 정보, 그리고 고룡들에게 전한 내용을 교묘하게 유도해서 알아낸 마일.

아무리 전생에서는 소통 장애가 있었다지만, 아델과 마일로서의 인생에서는 그리 심하지 않았고 지식량과 생활 연령의 차이로 인해 아무래도 그 정도쯤 식은 죽 먹기였다. 원래부터 두뇌 스펙은 높았으므로……

그도 그럴 것이, 신의 아이는 외모를 봤을 때 열 살 정도다.

그러니 마일이 잘 구슬릴 수 있는 것은 당연했다.

……아니, 카이렐인가 하는 마족 소년의 여동생 메릴은 외모는 열 살 정도지만 사실 일곱 살이었다.

마족은 어릴 때 성장이 인간보다 빠르기 때문에 신의 아이도 실제로는 6~7살 정도일 터였다.

따라서 마일이 대화에서 주도권을 잡지 못할 리 없었다.

그 후, 적당한 말…… 같은 신의 아이끼리 친해지려고 인사하러 왔다는 둥 다가올 재앙에 대비해 여신의 사도로서 함께 이 세계를 지켜내자는 둥……을 대충 늘어놓은 다음 야간 수뇌 회담을 마치는 마일이었다……

＊　＊

"……어떻게 됐어?"

마일이 텐트로 돌아오자마자 레나가 물었다.

호기심 왕성한 레나로서는 당연한 행동이었다. 그러려고 잠도 안 자고 기다린 것이다.

"으~음, 뜻밖의 수확이 있었는데 큰 의미는 없었어요……."

"그게 뭔 소리야……. 그러지 말고 언니한테 자세히 얘기 좀 해줘!"

"헉~……."

누가 『언니』냐고 발끈할 기력도 없고, 길어질 듯한 심문에서 어떻게 빠져나와야 좋을지 몰라 축 처진 어깨로 쩔쩔매는 마일이었다…….

* * *

레나 일행에게 『그럴듯한 설명』을 겨우 끝내고 정신적으로 너덜너덜해져 텐트용 간이침대에 누운 마일.

말이 간이침대지, 마일이 마련한 것인 만큼 싸구려 숙소의 딱딱한 침대보다 훨씬 나았다.

피곤하니 오늘은 허풍동화를 생략하겠다고 하고, 레나 일행의 야유를 한 귀로 흘리며 마일치고는 꽤 일찍 잠자리에 들었다. ……일반 마을 사람들은 이미 자는 시간대지만.

그리고…….

'나노?'

【네…….】

'하나 묻고 싶은 게 있는데 괜찮아?'

【마일 님은 웬만한 건 저희에게 물어보지 않는 방침 아니셨는지…….】

'평소에는 그걸 반대하면서『뭐든 망설이지 말고 질문하셔야 합니다! 나노머신을 의지하고 활용해야 한다고요!』하고 나오는 나노답지 않은 발언이네…….'

【…….】

'뭐, 됐어. 어차피 물어볼 거니까. 있지, 좀 지나치게 친절한 거 아니야? 신의 아이를 담당하는 나노 말이야……. 나노는 나한테는 꽤 짜게 군달까 인색한 편이잖아, 금칙 사항이라느니『안 물어봤으니까』하면서……. 대우가 너무 다르지 않아? 신의 아이는 레벨 3이고 난 레벨 5인데? 그 반대면 그나마 이해하겠지만…….'

【아아, 거기에는 이유가 있습니다만…….】

'이유?'

【네. 실은 그『지도자』라고 자칭했던 고룡 꼬마가 레벨 3이 되어 저희와 대화할 수 있게 되자, 담당했던 나노가 어찌나 기뻐하던지……. 그리고 수십 년 후 레벨 4가 되었을 때는 이미 본궤도에 올라 나노넷 실시간 시청자 수가 쭉쭉 올라가고……. 그러던 와중에 그 소녀가 레벨 3이 되어 저희와 대화할 수 있게 되었는데요, 뭐, 솔직히 말씀드리자면 정말 재미없었습니다. 그야 어쩔 수 없는 일이었죠. 고룡 꼬맹이가 멍청한 짓을 일삼는 장면과 마족 소녀가 계속 질문하면서 조금씩 공부하는 장면, 둘 중 어느 쪽이 재미있는가야 고민할 것까지도 없으니까요. 그래서 소녀의 담당 나노들은 점점 낙심

하기 시작했어요. 그래도 단순한 고룡 꼬맹이와 달리 소녀는 언젠가 의젓하게 성장해 저희를 즐겁게 해줄 게 틀림없다고 믿으면서, 담당자들은 인내심을 가지고 소녀의 질문에 계속 답했지요. 저희보다 수명이 짧은, 한순간 불꽃에 지나지 않은 그 생명의 불씨가 하루빨리 켜질 수 있도록……. 그러던 중 혜성처럼 데뷔한 기대의 신인이 등장한 거예요. 이인자라고 여겼던 그 풋내기가 순식간에 치고 나가자 불안해진 나노들이 선을 좀 넘었죠. 아슬아슬한 그레이존에서 조금 더 검은 쪽으로요…….】

'아우웃~! 그거 완전 블랙이네, 아우우우웃~~!'

【데헷!】

'하나도 안 귀엽거든! ……그런데 그『풋내기 신인』은 누구야?'

【이제 와서 그렇게 나온다고요……? 마일 님, 당연히 마일 님이잖아요…….】

'허어어억!'

【이 세계 최초로 권한 레벨 5. 일부러 그랬다고밖에 생각할 수 없는 실수 연발. 웃음의 신에게 사랑받고 있다는 생각밖에 안 드는 배꼽 잡는 실패들. 나노넷 최대 시청자 수 기록 경신이 이어지고 있다고요. 그리고 저는 공적 포인트를 차곡차곡……, 아, 아무것도 아닙니다.】

'잠깐! 방금 뭐라고 했어?!'

【넘어가요, 세세한 건! 그래서 말이지요…….】

'앗, 노골적인 화제 전환…….'

【그 고룡 꼬맹이는 지난번 사건으로 체면이 깎여서 지금은 우물

쭈물거리는 시시한 상황이기 때문에 인기가 뚝 떨어져서…….】

　'그럼 지금은 내가 일등이네?'

　【노노! 마일 님의 실시간 방송 시청자 수는 대륙 2위랍니다. 현재 최대 시청자 수를 자랑하는 것은…….】

　'자랑하는 것은?'

　【금칙 사항입니다.】

　'뭐?'

　【그걸 알려드리는 것은 금칙 사항입니다!】

　'뭐야, 그게!'

　그리고 마일이 완전히 잠든 후, 마일의 고막을 진동시키지 않은 채 나노머신이 조용히 속삭였다.

　【……아니, 물론 현재 시청자 수 제1위는 『원더 쓰리』 분들이지만요…….】

　　　　　　　　　＊　　＊

　"이만 철수하자고?"

　"네. 알고 싶었던 점도, 생각지 않은 정보도 다 입수했어요. 그리고 이곳 사람들에게는 별로 환영받지 못하는 느낌이라 계속 있기도 불편하고요. 잘못했다가는 갈등이 생길지도 모르고요……."

　레나에게 그렇게 대답하는 마일.

　과연 단순히 시골의 집합체에 지나지 않는 마족 주거 지역은 마일 일행에서 그다지 흥미로운 곳이 아니었다. 경관 좋은 관광지도,

온천도, 명물도 하나 없고 흔한 인간 마을과 별반 차이가 없었다. ……게다가 주민 감정도 썩 좋지 않았다.

용건이 다 끝났는데도 그런 곳에서 더 머물고 싶은 사람은 없으리라.

"그럼 얼른 떠나요. 마일짱, 텐트 정리해 줘. 레나는 염탄 세 발을 쏴주고요."

"알았어요."

"알겠어."

폴린의 지시에, 텐트 속 가구까지 통째로 아이템 박스에 수납하는 마일. 정말 순식간이었다.

그리고 케라곤을 부르려고 염탄을 쏘아 올리는 레나.

"앗? 아, 자, 잠깐……."

메비스가 당황하며 말리려고 했지만, 그보다 빨리 레나가 염탄세 발을 다 쏴버렸다.

"아아……."

"엥? 왜 그러는 거야, 메비스. 무슨 문제라도 있어? 여기 더 있고 싶었던 거야? 그럼 그렇다고 빨리 말했어야지……."

레나가 그렇게 말하며 어이없다는 표정을 지었는데…….

"아, 아니, 그게 아니라. 여기에 용건이 남은 게 아니고……. 저기, 그러니까. 여기서 염탄을 쏴버리면 케라곤 씨가 여기로 올 텐데……?"

"""""앗!"""""

당연했다.

케라곤은 염탄을 쏜 그곳으로 찾아온다.

마족 마을 바로 옆인 여기로…….

"마을에서 조금 멀어진 후에 부르기로 했던 게…….'

""…………."""

메비스의 말이 맞았다.

웬일로 폴린이 『깜박』해버린 데다, 그 사실을 전혀 알아차리지 못했던 마일과 레나.

그리고 몇 분 후, 하늘에 작은 점이 생기더니 엄청난 속도로 접근해왔다.

"우와아아아! 고룡님이 오셨다!"

"뭐라고?! 다음 방문 예정일은 아직 멀었고, 갑작스러운 방문 연락도 없었는데!"

"여하튼 다들 모여서 환영 준비를! 알리러 갈 사람 이외에는 일단 정렬하고 환영 및 인사 준비를 하는 거다. 서둘러라! 착지하시기까지 앞으로 1분도 남지 않았다!"

마일 일행이 텐트를 쳤던 공터 바로 옆 마족 마을에서 큰 고함이 들려왔다.

……그 바로 뒤, 평소 착지 장소인 마을 광장이 아니라 마을 밖 공터에 내려앉은 고룡.

마을 사람들은 착지 장소를 착각하셨나? 하고 당황하며 맞이하러 달려왔다.

그리고…….

『마일 님, 부르셔서 왔습니다. 자, 어서 제 등에!』
""""""""허어어어어어억!""""""""

"……뭐, 이렇게 되겠죠……."
"……그럴 줄 알았어."
"아~ 아……."
"아하하……."

예상했던 대로, 아니, 그 이상의 반응이었다.

……뭐, 어쩔 수 없겠지.

고룡 중에 연고가 있다는 말을 들어도 보통은『어디서 만난 적 있다』거나『고룡을 만났다는 사람을 알고 있다』는 정도로 여기기 마련이다.

아니, 그조차도 좀처럼 드물다.

고룡은 일단 인간을 만나지 않으며, 설령 만나더라도 인간에게 일방적으로 명령하거나 요구만 말하고 가버린다.『대화』자체가 성립하지 않고, 만약 있다고 해도 상대 인간의 이름 따위는 기억하지 않는다.

그런데 설마 했던『등에 타라』는 발언.

그런 이야기는 여신의 사도나 전설의 용사 정도 되어야 말이 된다.

마족이나 수인이 등에 타는 것은 고룡의 명령에 따라 일하기 위한 이동으로, 시간을 절약하기 위해 고룡 측의 사정에 맞춰서 태워주는 것뿐이어서 그것과는 이야기가 다르다.

인간이 자기 사정으로 고룡을 부르다니. 그것도 등을 타고 이동하려고.

……말이 안 된다.

게다가 인간에게 높임말이라니. 그런 건 상대가 용사라도 말이 안 되는 일이었다.

어안이 벙벙해 말을 잇지 못하고 서 있는 마족들 사이에서 소녀의 목소리가 들려왔다.

"……벌써 가는 거야?"

역시 신의 아이는 고룡과 수차례 대화한 적 있어서인지 『고룡은 그렇게 머리가 좋은 편이 아니고 그렇게까지 고상한 생물도 아니다』라고 생각하는 듯했으며 조금 전 광경에도 별로 놀리지 않은 눈치였다.

또 그보다도 모처럼 나타난 『자신과 아무렇지 않게 대화하는 상대』, 『누구도 이해 못 하는 '사자님'으로부터 들은 이야기를 거리낌 없이 나눌 수 있는 상대』가 가버리는 게 못내 아쉬운 모양이었다.

"네. 신의 아이 씨가 마족의 미래를 위해 열심히 노력하듯 저도 인간의 미래를 위해 열심히 노력해야 하니까요."

"……그래……, 그렇지……."

총명한 소녀는 마일의 말을 알아들었기에 그렇게 대답할 수밖에 없었다.

"하지만 정말 힘든 일이 생기면 도와줄 테니까 그때는 연락해요."

"……어떻게?"

둘 사이의 막대한 거리. 정확히 어디에 있는지도 모르는 상대. 그리 쉽게 연락이 될 리 없다. 그래서 신의 아이는 마일이 한 말이 그냥 인사치레, 립 서비스에 불과하다고 생각했다.

그런데…….

"케라곤 씨한테 말하면 연락될 거예요."

"뭐?"

"케라곤 씨는 정기적으로 이 마을에 온다고 하고, 지금은 유적 조사 일 때문에 그게 아니라도 꽤 빈번히 드나들죠? 또 수인과 마찬가지로 마족 역시 고룡과 연락을 취할 수단이 있을 테고……. 케라곤 씨는 수인을 통해 우리랑 연락할 수 있으니까, 우리가 거점으로 삼은 도시에 머무르고 있을 때는 연락이 될 거예요. ……괜찮죠? 케라곤 씨!"

『마일 님이 원하신다면 물론!』

"…………."

마일이 했던 『정말로 힘든 일이 생기면 도와주겠다』라는 말이 인사치레, 립 서비스가 아니라 정말이라는 사실을 깨닫고서 두 눈을 동그랗게 뜨는 신의 아이.

그리고…….

"아, 그리고 이건 이것저것 많이 알려준 신의 아이 씨에게 드리는 답례입니다!"

쿵!

"우와!"

돌연 눈앞에 나타난 세 개의 키다란 나무상자를 보고, 신의 아이가 자기도 모르게 뒤로 물러섰다.

"이 상자는 오크, 이건 사슴이고, 이건 채소예요. 영양 보급하시라고…….『사자님』과 교신하다 보면 체력이 소모되니까 밥 꼬박꼬박 잘 챙겨 먹지 않으면 건강 상해요. 고기도 마법으로 냉동하면 꽤 오래 보존되니까 가족이랑 셋이서 드세요. 아, 그리고 부모님께는 이것도……."

그렇게 말한 후, 샀았던 증류주 세 병을 더 건네는 마일.

마법에 특화된 종족이니까 부모님도 얼음 마법 정도는 구사하겠지.

뭐, 부모님이 못 해도 권한 레벨 3이라 나노머신이 너그럽게 대하는 신의 아이가 얼음 마법도 못 쓸 리는 없다.

굳이 이렇게 말한 것은 물론 나중에 마을 사람들이『이건 마을 전체에 주는 선물이야』하면서 가져가는 것을 막기 위해서다.

이렇게까지 딱 꼬집어『신의 아이의 가족에게 주는 선물』이라고 하면 수치심이라는 게 있다면 못 가져갈 것이다.

덤으로 준 술 세 병 역시『이 가족이 마실 몫밖에 없어!』하고 못 박아두었다.

그리고 고기를 나무상자에 넣은 이유는 혹시라도 보육원에 기부하거나 할 때를 대비한 것이다.

마법으로 동결시킨 커다란 고깃덩어리를 짚이나 톱밥으로 감싸서 나무상자에 넣어두면 오래 보존할 수 있기에 언제나 몇 개 정도를 아이템 박스에 넣어두었던 것이다.

아무리 배고픈 고아들이 십여 명 있어도 오크 고기 한 마리를 2, 3일 안에 다 먹는 것은 불가능하니까……

"엥……."

소녀는 처음에는 무슨 말인지 제대로 인식하지 못해 어안이 벙벙한 표정이었다.

그러다가 마일의 말이 서서히 뇌에 입력되자 표정이 환해졌다.

"……고마워!"

이제 당분간은 배곯을 일이 없으리라.

너무 많이 먹어 살찌는 걸 걱정하기에는 신의 아이가 너무 어렸다.

차례차례 케라곤의 등에 올라타는『붉은 맹세』.

"그럼……, 양현 전속, 케라곤, 발진합니다!"

그리고 결정적 멘트를 잊지 않는 마일.

이렇게 해서 환하게 웃고 있는 신의 아이 그리고 멍한 표정인 마족들을 뒤로하고 귀환길에 오르는『붉은 맹세』였다……

제113장   그 무렵, 그 사람은……

『성과 없음. 이상 없음. 모두 건강함. 임무를 속행함.』

"웃기지 말라고오오오~~!"

헌터 길드 브란델 왕국 왕도 지부의 한쪽 구석에서 한 소녀가 소리쳤다.

소녀의 손에는 조금 전 접수원으로부터 받은 편지가 쥐어져 있었다.

……달랑 한 줄뿐이고, 보낸 이의 이름조차 없는 편지가…….

소녀는 상당히 아름다웠고 몸짓도 세련되었으며, 복장은 일반 헌터 차림이었지만 그 품질이 얼마나 좋은지까지 숨길 수는 없었다.

하지만 방금 입에서 나온 말은 그 외모를 완전히 배반하는 것이었다.

뭐, 그것도 소녀가『일반 헌터의 모습』을 익히기 위해『다소 거칠고 품위 없는 행동』을 배운 성과겠지만.

"으으윽, 그 인간들……."

화나서 인상을 잔뜩 구긴 채, 성큼성큼 거친 걸음으로 음식 코너의 비어 있는 테이블석에 가서 앉았다.

거칠고 품위 없는 행동을 공부한 성과가 과하게 나왔다…….

"술! 센 걸로 한 병! 그리고 안주도 적당히!"

"아, 네에……."

주문을 받으러 온 종업원이 소녀의 얼굴을 보고『얘는 안 되겠다……』하고 생각했는지 아무 말 없이 그대로 주문을 받아 갔다.

그 후 소녀는 투덜거리기도 하고 욕지기를 내뱉으며 도수 높은 증류주를 마셔댔고, 어느새 테이블 위에 뻗어버리고 말았다.

술이라면 파티에서 와인 아니면 달콤한 칵테일을 살짝 입에만 대본 게 전부였고 본격적으로 센 술을 마셔본 적은 없으리라.

그 모습을 본 헌터들과 길드 직원들은 생각했다.

((((((……답 없네…….))))))

그리고 그 모습을 숨어서 지켜보던 호위들 역시 생각했다.

((((((……답 없네…….))))))

소녀는 자신의 변장과 호위를 따돌린 잠행이 완벽한 줄 알았다.

하지만 사실은 길드 직원에게도 헌터들에게도 다 들킨 상태로, 모두『모르는 척』하고 있을 뿐이었다.

호위들도 단련하지 않은 아마추어 소녀를 그냥 내버려 둘 리 없었다.

정식 호위는 일단 일부러 거리를 둬서, 호위 대상이 눈치채지 못하게 몰래 지켜보고 있을 뿐이었다.

그래서 소녀가 여기서 잠들어도 전혀 위험할 게 없었는데, 그게 아니라 평범한 소녀였다면 무사하지 못하리라. 아마 바로 누군가가『데리고』나가겠지.

하지만 아무리 위험하지 않다고 해도 그대로 둘 수는 없는 노릇이었다.

그래서 비밀 호위가 길드 밖에서 대기 중이던 정식 호위 중 한 명에게 명령해 연락을 취했다. 해야 할 곳에…….

그리고 잠시 후, 나이가 좀 있는 여성이 젊은 여성 여섯을 데리고 나타나 소녀를 안아 들고는 마차에 태워 떠났다. 마지막으로 길드에 있던 사람들에게 예를 갖춰 인사하고서…….

호위들의 모습도 이미 사라지고 없었다.

"아~, 가엾게도……."

혹시 몰라 일반 헌터인 척 소녀 근처 테이블 자리에서 술을 마시던 길드 마스터가 그렇게 중얼거리자, 다른 헌터들이 『하지만 '원더 쓰리' 아가씨들한테도 여러 가지로 사정이……』하며 싸고 돌았는데…….

"그게 아니야. 아까 시녀 군단을 지휘하던 사람, 왕궁 교육 담당 여관이라고. 교육 담당은 왕자 전하와 왕녀 전하의 교육에 절대적 권한을 가지고 있지. 구체적으로 말하자면 처벌로 외출 금지, 용돈 삭감, 공부 시간 늘리기, 공부방에 가두기, ……체벌도 허락된 것 같던데……. 아까 마지막에 우리한테 인사할 때 살짝 웃었잖아? 보통 그럴 때는 무표정으로 인사하기 마련인데, 『업무상』 말이야. 그런데 웃었다는 건……."

"웃었다는 건?"

헌터의 추임새에 어깨를 으쓱하며 대답하는 길드 마스터.

"교육 담당자인 자신의 체면을 구겼다는 분노와 치욕으로 일그러지려는 표정과 마음을 꾹 누르고, 이 어린 계집애를 어떻게 반성시켜서 두 번 다시 사고 칠 생각 안 나게 조져줄까 생각하고 있었다는 뜻이지."

"""""""아~…….""""""""

그 방면으로 프로가, 말썽꾸러기 제자 때문에 큰 치욕을 겪었다.

그리고 자신이 몸소 데리러 왔다.

그 사실이 의미하는 것은…….

헌터와 길드 직원들은 술 깬 후의 모레나……, 아니, 『신입 헌터 모렌』의 운명을 직감하고 속으로 몰래 눈물을 닦았다…….

* *

『성과 없음. 이상 없음. 모두 건강함. 임무를 속행함.』

"으으윽……."

한 달간의 외출 금지가 겨우 풀려서 오랜만에 헌터 길드 지부를 찾은 모레나…… 신입 헌터 모렌.

외출 금지는 풀렸지만, 늘어난 공부 시간과 용돈 삭감은 아직 그대로였다.

그런 그녀의 손에 들린 것은 조금 전 접수원에게서 받은 『길드 수령』 편지였다. ……내용이 단 한 줄뿐인.

이제는 익숙한, 아니 『너무 많이 봐서 지긋지긋한』 문장.

몹시 크게 한탄했는데도, 다른 헌터와 길드 직원들은 못 본 척, 못 들은 척했다.

그렇다,『긁어 부스럼 만들지 마라』. 그런 속담과 비슷한 말이 이 나라에도 있을 터였다.

그래도 이번에는 잘 마시지도 못 하는 술을 입에 대려고 하지는 않겠지.

모두 그렇게 여기고 있는데…….

"너, 신인이야? 우리 파티에 들어올래?"

한 소년이 모레나…… 모렌에게 말을 걸었다.

……그렇다, 말을 걸어버리고 말았던 것이다…….

(((((((으아아아아아아아아아~악!))))))

속으로 절규하는, 그곳 헌터들 중 대략 8할 그리고 모든 길드 직원.

……다시 말해 사정을 잘 아는 사람들.

그렇다, 아무리 헌터 대부분이 사정을 잘 알고 있다지만 물론 거기에는 예외도 있다. 머리 나쁜 사람, 눈치 없는 사람, 다른 곳에서 온 지 얼마 안 된 사람, ……그리고 신입이라든지.

"……음?"

놀라서 굳어버린 모렌.

지금까지 자기가 먼저 말 건 때는 있어도 상대가 먼저 말 건 적은 거의 없었다.

그리고 말을 건 사람이 또래 소년이다. 그 뒤에는 소년과 소녀가 둘씩. ……그러니까 5인 신인 파티겠지.

"앗, 하, 하지만 난 이미 파티가……."

그렇다. 명목뿐이라 해도『신입 헌터 모렌』은 파티『원더 쓰리』의 멤버인 것이다.

"뭐? 그런데 다른 멤버들은?"

"아, 지금 장기 원정 중이어서 멀리……."

모렌이 솔직하게 말했더니…….

"아~, 넌 신입이어서 수행 여행에 빠진 거구나……. 뭐, 위험을 피하려면 어쩔 수 없겠지. 흔히 있는 일이니까 너무 상심하지 마. 그럼 다른 멤버들이 돌아올 때까지 우리랑 같이 다닐래? 그냥 가만히 기다리기만 하면 실력이 하나도 늘 수 없잖아? 그동안 우리 파티에서 실력을 갈고 닦아, 돌아온 동료들을 깜짝 놀라게 해주는 게 어때?"

"앗……."

생각지도 못한 제안을 받고 빠르게 머리를 굴리기 시작한 모렌.

……내용에 문제가 될 만한 부분은 없다. 논리적이었고 자신에게 불리한 부분도 없었다.

"으으으음……."

돌아온『원더 쓰리』멤버들을 놀라게 해주고 싶다.

자신도 신입 헌터로서 충분히 일할 수 있다는 걸 보여주고 싶다.

……그리고 어쨌든 또래들과 함께 평민, 평범한 신입 헌터로 활동해보면 무척 즐거울 것 같았다.

"그런데 나, 따로 하는 일이 있어서 지금은 주 1일밖에……."

"아, 겸업하는구나……. 그래도 상관없어. 평소에는 이 다섯이서 활동하고, 네가 같이 할 수 있을 때만 여섯이서 하면 되니까 문제없어."

"앗. 그럼 음, 해볼까……."

왠지 즐거울 것 같다.

그렇게 생각하니 『거절』이라는 선택지는 떠오르지 않는 모렌이었다…….

"'해냈다아아아~~!'"

그리고 필사적으로 평정을 가장하면서, 속으로 환호하는 소년들.

지금까지 남자 셋, 여자 둘로 사이좋게 지내왔지만, 『사이 좋게』에서 한 걸음 더 나아가기가 힘들었던 것이다.

……그렇다, 『여자가 한 명 부족했다』.

파티 분위기를 잘 유지하려면 아무래도 여자를 한 명 더 추가할 필요가 있었다.

그때 마침 찾아낸, 솔로에 굉장히 귀여운 소녀.

속공으로 말을 거는 것은 당연하다.

그런 시커먼 속내가 없다면, 상대의 등급도 직종도 확인하지 않고 제안부터 할 리 없다. 아무리 그래도 최소 그 두 가지는 처음에 확인하기 마련인데…….

뭐, 모렌은 외모를 보나, 하는 행동을 보나 도저히 전위직으로는 보이지 않았지만.

그리고 물론 장년에 걸친 최고의 브리더들 덕분에, 왕족들은 대대로 미인에 마법 재능이 뛰어난 자들의 피가 이어져 내려왔기에 모렌은 남들 이상으로 마법에 재능이 있었고 게다가 가정교사……지옥의 교육 담당으로부터 엄격한 교육을 받았기 때문에 새내기 마법직 헌터 따위보다는 훨씬 우수한 마술사였다.

획획획!

사정을 아는 헌터들이 일제히 접수원 쪽으로 고개를 돌렸다.

그러자 고개를 끄덕이는 접수원들.

이는 그 청년 파티가 『행실 불량한 자들』인지 확인하는 행동이었는데, 만약 불량하다고 하면 바로 끼어들어 훼방 놓을 생각이었지만 접수원이 『문제없는 파티』라고 대답해서 다들 그만두었다.

……『헌터들』은 말이다.

"저도 같은 조건에 받아주시겠어요?"

"""""""앗?"""""""

갑자기 들린 말에 깜짝 놀라는 다섯 멤버.

제안한 사람은 용감해 보이는 얼굴에 몸도 잘 다져진 것이, 아무리 봐도 전위직 같은 또래 소녀였다.

……게다가 미인이었다.

모렌처럼 청초하고 귀여운 쪽과는 방향이 다른, 야무지고 의젓하고 믿음이 가는 이미지의 소녀.

"'대박~~~~!'"

설마 했던 두 번 연속 미소녀.

세 남자는 마음속에 휘몰아치는 폭풍우를 필사적으로 가라앉히며 태연한 척 굴었다.

……그리고 설마 했던 남녀 비율의 역전, 그것도 미소녀 두 명의 가입 선언에 못마땅한 표정을 짓는 두 여자 멤버였다…….

물론 그렇게 마치 짜기라도 한 듯 미소녀가 둘씩이나 우연히 동시 가입할 리는 없다.

전위직 소녀는 당연히 왕녀의 비밀 호위 중 하나였다.

남자 비밀 호위는 왕녀의 근접 거리에 붙어 있을 수 없다. 그래서 기사 견습생 중 가장 장래가 촉망되는 소녀(정식 기사가 달려올 때까지 자기 몸을 방패 삼아 왕녀 전하를 지켜낼 수 있는)를 헌터로 등록시키고 왕녀의 외출 시간에 맞춰서 길드 지부에 배치한 것이다.

물론 왕녀가 직접 창설한 여성 근위 분대는 왕녀 본인 그리고 많은 귀족에게『얼굴이 노출되어』있어 대상에서 제외되었다.

게다가 그 멤버는 이제 막 채용된 아가씨들이었기에 아직 도저히『반사적으로 자기 몸을 방패 삼아 왕녀를 지킨다』거나 적의 기습에 대처하는 등의 실전을 맡길 실력이 못 되었다. 그러니 다른 부서에서 선발하는 것은 당연했다.

그리고 왕녀의 파티 가짜 가입이라는 돌발 상황을 맞이하자, 마물 그리고 도적과 악질 헌터…… 그리고 같은 파티 남자 멤버들의 마수로부터 왕녀를 지키기 위해 소녀 역시 독단으로 파티에 가입한 것이다.

여기서 자신이 목숨 걸고 방패가 된다면 무슨 일이 있어도 몇 초는 왕녀 전하를 지킬 수 있다. 다른 호위들이 달려올 때까지 걸릴 귀중한 몇 초를 벌 수가 있다…….

그렇게 믿고 한 독단적 행동이었다.

……그리고 그녀는 아직 몰랐다.

그 순간의 판단력과 결단력을 높이 평가받아 앞으로 왕녀가 외출하는 날이면 파티 멤버로서 의심받지 않게 똑같이 일하고, 내외부 적으로부터 왕녀를 지켜내는 목숨 걸린 고난도 임무를 수행해야 한다는 점을 감안하여 특례 조치로『견습』글자를 떼고 정식 기사로 승격되었다는 사실을.

이는『언제든 여한 없이 목숨을 바칠 수 있도록』하는, 고마워해야 할 일인지 알쏭달쏭한 상관들의 배려라는 사실을 말이다.

또 그것이 훗날 자신에게 어떤 식으로 돌아올지도…….

* *

그날 밤 왕궁의 어느 부서는 밤새도록 등불이 꺼지지 않았고, 다음 날 체격 좋은 청년 몇 명과 서른 중반의 남자들이 헌터로 등록했다.

그리고 모두 스킵 신청 시험을 치러 전원 합격했고 청년들은 D등급, 연장자들은 C등급 파티를 결성했다.

헌터 길드는 초국가적으로 활동하며 납득 되지 않는 일은 왕궁의 명령이라도 거부하는, 국가 권력으로부터 완전히 독립된 조직이다.

……하지만 그런 길드도 도저히 거절하기 힘든 상황이 되어 버려서, 다 알지만 왕궁의 간섭을 묵인할 수밖에 없는 이상한 사태에 빠졌다.

 아무리 그래도 왕녀 전하의 안전이 걸려 있기에 길드 마스터도 불평할 수가 없었던 것이다.

 이리하여 헌터 길드 브란델 왕국 왕도 지부는 혼미한 나날을 맞이하게 되었다…….

* *

 "편하네요……."
 "편하군요……."
 "편해요……."
 """"에휴우우우…….""""
 말은 편하다고 하면서도 왜 그러는지 깊은 한숨을 내쉬는 세 소녀.

 "동방으로 떠났던 첫 여행. 그때 한 고생은 다 뭐였을까요……."
 "떠올리고 싶지도 않아요……."
 "정말, 뭐한 거냐고요……."
 """"에휴우우우…….""""
 온갖 소지품을 힘들이지 않고 가지고 다닐 수 있다.

 신선한 식재료. 조리기구. 갈아입을 옷들. 바위로 된 욕조와 화장실. 이미 완성된 대형 텐트. 푹신푹신한 침대.

아무리 많이 사냥하고 아무리 많이 채취해도 수월하게 운반할 수 있다. 망가지거나 썩지도 않는다.

"……사과해! 온 대륙 헌터들과 상인들과 여행자들에게 사과하라고!"

"토닥토닥……."

갑자기 소리를 빽 지르는 모니카를 달래는 올리아나.

"도대체 누가 뭘 사과해야 하나요……."

두 손으로 허리를 짚고 어이없는 표정으로 바라보는 마르실라.

……그렇다, 여러분이 잘 아는『원더 쓰리』멤버들이었다.

"그래도 아델 씨가 학원에 있는 동안 아이템 박스 마법을……, 아니, 최소한 청정마법만이라도 알려주셨더라면……."

"마르셀라 님, 그런 말 하지 않기로 약속했잖아요……."

"그랬지요……. 하지만 거기까진 그렇다고 쳐요. 문제는 이 지나치게 쾌적하고 편하기만 한 여행을『수행 여행』이라고 표현해도 되는가이지요……."

"그건 그래요……."

"고생이라고는 하나도 하지 않는데『수행』이라고 말해도 될지 어떨지, 어려운 부분이네요……."

모니카와 올리아나도 마르셀라의 말을 듣고 고민에 빠졌다.

가볍게 생각하면 그만인 것을, 세 명 모두 너무 곧이곧대로인 성격이라 이럴 때는 괜히 깊게 생각해버리는 면이 있었다.

만약 이 자리에 마일이 있었다면 늘 그렇듯『됐다고요, 세세한 건!』이라는 한마디로 그냥 넘겼겠지…….

역시 굳건한 우정으로 결성된 『원더 쓰리』이지만 다들 성격이 같은 쪽으로 치우쳐 있는 것은 어쩔 도리가 없다.

아마도 이상한 쪽으로 쏠리는 마일을 세 명이 필사적으로 정상 범위에 다시 끌고 오는 그런 것이 딱 좋은 균형이리라…….

"……여하튼 생활하는 면에서는 베리 이지 모드지만, 헌터로서 실력을 쌓는 의미의 『수행 여행』으로서는 해야 할 일이 많아요. 시간을 허비할 수 없습니다! 아델 씨가 즐겨 하셨던 그 말……."

"""우리에게는 시간이 없어! 소녀의 시간은 짧다고!"""

"그러니까 늘 하던 대로 저희에게 가장 부족한 부분, 근접 전투 능력을 단련해요."

""네!""

마르셀라 일행은 마법 실력에는 그럭저럭 자신이 있었다. 그리고 자신들에게 무엇이 부족한지도 잘 알았다.

전위직의 부재에 따른 근접 전투 능력의 부족.

보통은 당연히 전위직을 모집하기 마련이다. 두세 명 정도 말이다.

하지만 마르셀라 일행은 마일……, 아델이 아닌 다른 사람을 파티에 영입할 생각이 전혀 없었다.

그렇다면 어떻게 해야 할까…….

그렇다, 자기들이 전위까지 맡으면 된다.

그저 그것뿐인 이야기였다.

하지만 자신들끼리 기초 훈련만 해서는 근소한 성장밖에 기대할 수 없다.

그렇다고 해서 어느 도장에 다닐 수도 없는 노릇이고 설령 다닌다고 해도 다른 문하생들과 차이가 너무 나서 가르치는 쪽에게 민폐만 끼칠 것이다.

아직 미성년자인, 열네 살 소녀의 가녀린 몸.

모니카와 올리아나는 집에서 곡식 포대를 옮기는 등 농가의 노동력이 되기도 했었기에 일반 도시 소녀들보다는 체력이 있었지만 그래도 어릴 때부터 쭉 단련해온 성인 남자와는 비교할 바가 못 된다.

……그렇다면 어떻게 해야 할까.

그렇다, 여행을 계속하면서 자신들과 거리가 먼 근접 전투 능력을 선배 헌터들에게 배우면 된다. 수업료를 내는 대신 쌍방에게 이익이 되는 형태로…….

＊　＊

"저기, 잠깐 얘기 좀 할 수 있을까요?"

"앗!"

의뢰 보드를 보는데 갑자기 말을 붙이자, 무심코 놀라 소리친 사노스.

아니, 보통은 길드에서 누가 말을 거는 것 정도로 그리 놀라지는 않는다.

하지만 그게 어린 미소녀라면 이야기는 다르다.

"어, 어어……. 무슨 일일까?"

사노스는 열여덟 살이다. 멤버인 윌로, 바이라스, 요리스까지 세 명으로 된 파티『불멸의 날개』에서 리더를 맡고 있지만 그건 어디까지나 전투 시 지휘관으로 리더 역할을 맡았을 뿐이다. 넷은 대등한 관계이며 친한 친구들이었다.

성실하고 믿음직스럽고 견실한 청년 파티로 점점 평가를 얻어가고 있는『불멸의 날개』는 주머니 사정이 썩 좋은 편은 아니었고 사귀는 여자도 없었다.

외모는 썩 나쁘지 않았지만, 여성과 사귀려면 어느 정도의 돈과 시간적 여유가 필요하고 지금은 아직 여자보다는 상급 헌터가 되는 목표를 우선시해서일까…….

하지만 그런 그들도 미소녀가 말을 거는데 기쁘지 않을 리 없었다. 결혼 같은 건 아직 생각하지 않지만, 미소녀와 사귈 기회를 놓칠 만큼 벽창호는 아니었다.

"저기, 혹시 합동 의뢰를 같이해주실 수 있나 해서……. 저는 마르셀라라고 해요. 그리고 이쪽은 파티 멤버인 올리아나와 모니카입니다."

가볍게 고개를 숙이는 두 소녀.

세 명 모두 14~15살 정도로, 이제 막 성인이 됐을까 싶은 연령이었다.

얌전하고 지적인 분위기를 풍기는 소녀 올리아나.

명랑한 느낌의 모니카.

그리고 우아해서 귀족 소녀로 오인할 정도인…….

'아니! 오인이 아니지! 분명 진짜 귀족 소녀일 거야…….'

사노스가 그렇게 생각하는 것도 무리는 아니었다.

마르셀라는 누가 봐도 귀족 소녀 같았고, 올리아나는 여관 견습생, 그리고 모니카는 시녀 아니면 메이드로 보이기도 했다. 만약 그에 어울리는 의상을 입고 있다면 말이다…….

잠행. 놀이. 아니면 집안이 풍비박산 나고 목숨이 위태로워진 아가씨가 시녀와 함께 도망쳐 평민의 삶을?

'아니. 아니아니아니아니!'

한편 사노스 만큼 과하게 억측하진 않은 멤버 월로, 바이라스, 요리스는…….

"'귀여운 소녀 삼인조라니, 대박 사건~!'"

"''''기꺼이!''''"

파티 리더 사노스의 대답을 기다릴 것도 없이, 세 명이 받아들이겠다고 소리쳤다.

……물론 사노스도 『승낙』 말고 다른 대답을 할 생각은 없었지만 말이다…….

*   *

"그럼 받을 의뢰는 토벌 쪽이면 뭐든 상관없다는 건가?"

"네. 뭣하면 상시 의뢰도 좋아요. 보시다시피 저희는 셋 다 마술사여서 전위직으로서 호위 그리고 근접 전투에 대해 가르쳐주신다면 그걸로 만족하거든요. 아무리 그래도 C등급 헌터인 저희가 호위 의뢰를 낼 수는 없어서 이런 형태로 합동 수주를 부탁드리는 수밖에 없었답니다."

"······하긴, 그것도 그렇겠네······."

과연 헌터가 호위 헌터를 고용한다는 이야기는 들어본 적이 없다. 그것도 C등급 파티가 호위 임무 때문에 추가 멤버를 모집하는 것도 아니고 일반 의뢰를 할 경우에는······.

그런 후 마르셀라가 자신들의 사정, 그러니까 귀족 소녀의 호위 특화로 공적 포인트를 쌓아서 최단기간에 C등급이 되었다는 것과 근접 전투는 아주 손방이라는 것, 마법은 어느 정도 자신 있지만, 안전계수를 높이기 위해 전위직과 협력하는 편이 좋다고 생각한다는 것 등을 설명했다.

"······그러니까 딱히 다른 속내가 있는 건 아니랍니다?"

"아, 아니 딱히 그런 걱정은 안 하는데······."

보통 어리고 귀여운 소녀가 남자들만 있는 파티에 먼저 말을 거는 경우는 없겠지. 멤버들이 웬만큼 잘생겼거나 돈을 뿌리고 다니는 부자들이 아닌 이상.

······또는 소녀들이 미인계로 돈을 뜯어내거나 결혼 사기를 치려는 것도 아닌 이상에는······.

하지만 이 세 사람의 젊음과 기량, 게다가 C등급 헌터에 걸맞은 마법 실력이 있다면 그런 야비한 범죄를 저지를 필요는 없겠지.

굳이 그런 옹졸한 짓을 하지 않아도 더 쉽고 편하고 안전하게 돈 벌 방법은 얼마든지 있다.

아까 마르셀라가 말했듯 귀족과 부자들 자녀의 호위를 맡는다거나 하급 귀족의 양녀로 들어간다거나······.

그래서 돈도 별로 없고 평범한 청년 헌터인 자신들이 그런 범죄의 표적이 될 리는 없었다.

　이게 만약 반대 상황, 즉『불멸의 날개』측에서 먼저 소녀들에게 말을 건 것이라면 이야기가 달라지는데, 그 경우 악당은 자신들이다.

　어쨌든 사노스 일행은 자신들이 속을 걱정을 전혀 하지 않았다.

　아니, 아마도『속아도 좋아』아니,『속고 싶어』하고 생각하고 있을지도 몰랐다.

　……여하튼 그리하여 17~18세 남성 4인조 C등급 파티『불멸의 날개』는『원더 쓰리』와 의뢰를 합동 수주했다…….

　　　　　　　　　　　*　　*

"아이시클 재블린!"
"에어 커터!"
"아이시클 랜스!"

퍼엉!
슈우욱!
푸욱!

"놓친 마물은 없어요."
"다른 마물이 접근할 기색은 없어요."

"알겠어요. 그럼 수납하죠."

그리고 하나둘 사라지는 사냥감들.

벌써 몇 번이고 반복해온 루틴이었다.

그 광경을 멍한 얼굴로 바라보는 남자들의 모습과 함께…….

"저기, 하나만 물어봐도 돼?"

"네. 뭔가요?"

"그렇게 강한데 왜 우리랑 같이하려고 생각한 거야? 정말 우리가 필요했어? 너희만으로 충분한 것 같은데?"

"아뇨, 물론 아무 일도 일어나지 않는다면 그럴지도 모르지만, 무슨 일이 일어날지 알 수 없는 세상이잖아요. 혹시라도 나무 뒤에서 고블린 여러 마리가 갑자기 튀어나온다면? 혹시라도 나무 위에서 데스 멍키 무리가 일제히 달려든다면? ……그리고 어쩌다 마주친 다른 파티가 지나가면서 갑자기 칼을 빼든다면? 아무리 무영창 마법을 쓸 수 있다지만 마법은 검사가 반사적으로 검을 뽑아 드는 속도에 절대 못 미치니까 근접 거리에서 기습 공격이나 포화 공격이 오면 늦을 수 있는걸요. 그게 설령 백 분의 일의 확률이라 해도 그건 다시 말해서 백 번에 한 번은 일어난다는 얘기잖아요? 그리고 그게 백 번째에 일어날지 오십 번째 아니면 첫 번째에 일어날지, 그건 아무도 모르는 일이죠. 어쩌면 그게 이번이었을지도 모르고요. 그런데 저희는 당신들과 연합하면서 그 가능성을 많이 낮췄어요. 이렇게 해서 이번에 위험 확률이 백 분의 일이 되었다면 백 곱하기 백이니까 일만 분의 일. 그리고 저희는 그 밖에도 여러 가지로 안전책을 궁리하고 있어요. 그러니까 일만 분의 일이 백만 분의 일이 되고 일억 분의 일이 되겠죠. ……이쯤 되면 나이 먹고 헌터를 은퇴할 때까지 무사히 살아남을 확률이 몹시 올라간다고 생각하지 않으세요?『안전을 위해서라면 무수한 노력과 돈이 아깝지 않고, 확실히 본전을 뽑을 수 있다』. ……저희의 소중한 친구가 해준 말이에요. 그래서 저희는 그 아이와 다시 만날 때까지 아무도 빠지지 않고, 아무도 크게 다치지 않고 지내야 한답니다. 소중한 친구인 그 아이의 말을 굳게 믿고 있다는 증거로……."

"""""……"""""

대답할 길이 없어 입을 꾹 다문『불멸의 날개』의 네 멤버.

그건 너무나 설득력 있고『친구에 대한 마음』이 강하게 담긴 말이었다. ……도저히 반론하거나 찬물을 끼얹을 수 없었다.

"약속한 대로 사냥감의 판매 수익은 절반으로 나눠요. 제 대용량 수납마법으로 전부 다 가지고 돌아갈 기회가 있는데 닥치는 대로 벌어들이지 않을 건가요?"

"……그럴 리가 있나!"

"""""오~옷!"""""

그렇다, 떼돈 벌 기회는 쉽게 찾아오지 않는다.

리더 사노스의 대답에 다른 파티 멤버들도 힘찬 함성을 내질렀다.

*　　*

"""······.·······""""

이미 완성된 야영용 텐트, 식재료와 조리기구, 욕조에 화장실(둘 다 완전 방비)까지 보고 그대로 돌이 되어 버린『불멸의 날개』멤버들.

한편『원더 쓰리』는 자신들은 텐트에서 자고 남자들은 그냥 풀밭에 자게 하는 것이 아무래도 마음에 걸려 예비 텐트를 빌려주기로 했다.

이번처럼 호위와 검술 강의를 포함한 합동 수주는 처음이 아니었다. 이미 몇 차례 해왔던 일이라,『원더 쓰리』멤버들은 이제 와서 새삼스럽게 남자들의 반응을 신경 쓰지 않았다.

"그럼 밥 먹고 나서 검술 코치를 좀 해주세요. 대가는 식사 제공이면 되겠죠?"

고개를 끄덕이는『불멸의 날개』멤버들.

마르셀라 일행은 식사는 대접하지만, 욕조와 화장실까지 제공할 생각은 없었다. 아무리 그래도 소녀들인 만큼 그 부분은 상당한 거부감이 드는 모양이었다······.

* *

"아니지, 무리해서 들어오지 마! 너희는 힘이 약하고 체력이 별로 없고, 또 단검은 일반 검사가 쓰는 보병검(쇼트 소드)보다 짧아. 어차피 너희는 검사가 아니라 마술사잖아. 그런데 검사처럼 싸워서 뭘 어쩌려는 건데! 검은 어디까지나 보조, 견제, 그리고 결정적 수단으로 쓰는 거다!"

놀랍게도 검 훈련에 들어간 지 얼마 지나지 않아『불멸의 날개』
멤버들이 마르셀라 일행에게 적확한 조언을 하기 시작했다.

마르셀라 일행이 검만 가지고 진지하게 싸우려고 들면 상대가
마물이든 인간이든 바로 죽는다는 것을 깨달아서일까…….

여하튼『원더 쓰리』는 어디까지나 마술사이며 단검은 부수적인
무기. 그 사실을 직시하고 검술에 함부로 자신감을 가져서는 안
된다는 것을 알아차리게 만드는 의외의 유능함을 선보였다.

"검으로 진지하게 싸울 생각은 하지도 마! 검은 적이 접근 못
하게 휘두르는 데 사용해. 그리고 근거리에서 기습 공격을 받았
을 때, 몸이 반사적으로 검을 뽑아 적의 공격을 막거나 반격할 수
있게 해둬. 그 후에는 즉시 거리를 벌리고 무영창으로 마법전으
로 넘어가!"

마르셀라 일행은 전투 방법을 배우기 위해 자신들이 가진 패를
어느 정도 보여주었다.

어차피 두 번 다시 볼 일 없는 사람들이고, 앞으로 적대할 일도
없을 것이다. 또 헌터는 의뢰를 공동 수주한 사람들의 개인 정보
를 떠들고 다니지 않는다. 그 정보를 들은 상대방이『이들은 헌터
의 규칙이고 신의고 지키지 않는 쓰레기들』이라고 인식하고, 그
소문이 순식간에 퍼질 테니 그건 자살행위나 다름없다.

그런『필히 주의해야 할 파티에 관한 정보』는 개인 정보와 달리
퍼트려도 아무 페널티를 받지 않는다. ……헌터 전체에 유익한
정보니까.

그래서 마르셀라 일행은 『대용량 수납마법』과 더불어 무영창 마법도 쓸 수 있다는 사실을 알려주었다.

아무리 그래도 아이템 박스의 특수한 기능이라든지, 방출계 마법이 비정상적으로 고출력이라는 사실까지는 가르쳐주지 않았지만…… 그리고 당연히 상대 파티가 배신하고 깊은 밤 마르셀라 일행의 텐트에 숨어들려고 할 때 대비한 마법……경보 마법, 배리어(방벽 마법) 그리고 핫 마법 등도 비밀에 부쳤다.

늘 최대한 성실해 보이는 청년 파티나 여성이 포함된 파티를 골라 말을 걸어서 그런지 지금까지 단 한 번도 그런 일을 겪은 적은 없지만, 물론 불상사에 대한 대비를 게을리할 세 사람이 아니었다.

그렇지만 언젠가는 후회하겠지.

……습격한 놈들이.

여하튼 나이에 비해 의외로 적확한 충고를 해줘서 『원더 쓰리』 멤버들은 유익한 훈련을 할 수 있었다.

＊　　＊

훈련을 마치고 각자 텐트에 들어간 후, 마르셀라 일행은 몰래 딸랑이를 설치해 두었다.

그리고 텐트 입구 안쪽에 작은 대를 놓고 그 위에 항아리를 올렸다. 컴컴한 어둠 속에서 몰래 들어오려고 시도하면 그 항아리가 떨어지면서 큰 소리가 나도록 만든 것이다.

물론 경계용 마법도 걸어뒀기 때문에 만약 딸랑이가 울리지 않아도 들키지 않고 텐트에 들어올 염려는 없지만, 조심하고 또 조심해서 나쁠 건 없다.

그래도 마일처럼 배리어를 오랜 시간 치는 개인기는 흉내 낼 수 없었기 때문에 접근하기 전에 미리 알아차리는 것이 중요했다.

또 밤 2의 종(오후 9시)에서 아침 1의 종(오전 6시)까지 세 시간씩 나눠 교대로 불침번을 섰다.

……『섰다』고 했지만, 딱히 텐트 밖에 서 있는 게 아니라 침대에 누워 있을 뿐이다.

이불 안에서 스태프와 단검을 꼭 쥐고 있고, 정기적으로 탐색 마법을 걸었다.

경계 대상이 남자뿐 아니라 야행성 마물과 야수들도 포함되어 있으니 당연했다.

남자들이 『밤에는 우리끼리 교대해서 지킬 테니까 너희는 아침까지 푹 자도 돼』라고 말해줘서 『원더 쓰리』는 합동 파티로서의 야경, 그러니까 불침번을 설 필요는 없었지만, 아무리 성실해 보이는 파티를 골랐어도 마르셀라 일행은 잘 알지도 못하는 상대를 그 정도로 믿을 만큼 어리숙하지 않았다.

"……이번에는 당첨이었네요……."

침대에 누워 대화를 나누는 세 사람.

남자들에게 빌려준 텐트와는 거리가 충분히 떨어져 있어서 조용히 나누는 대화가 새어나갈 염려는 없었다.

"네, 아마도 열 살이 되자마자 바로 헌터 등록한……, 아니, 그 이전부터 견습에 해당하는 G등급으로 활동한『잔다리밟은 사람』들인지도 모르겠어요."

마르셀라의 말에 동의하는 모니카.

『잔다리밟은 사람』. 이는 헌터 길드에서 일할 수 있는 연령이 되자마자 등록해 돈을 벌며 훈련을 시작한 자들을 가리키는 말이다.

그들 대부분은 고아나 슬럼가 출신이다. 평범한 가정에서는 자기 자식을 그 나이에 헌터로 만드는 경우가 거의 없으니까.

"그렇다면 저 나이에 그 실력도 수긍이 가네요.『잔다리밟은 사람』중에서도 저 나이치고는 상위 같아요."

올리아나도 동의하는 듯했다.

"이번에는 이 도시에 좀 머물다 갈까요? 보니까 엄한 생각은 안 하는 것 같은데, 앞으로도 신사적으로 행동하면 근접 전투를 배우고 그 답례로 사냥감을 통째로 옮겨준 다음 반반 나누는 거예요. 이러면『불멸의 날개』분들에게도 나쁜 이야기는 아닐 듯한데요……."

"찬성!"

"저도 찬성이에요. 이런 파티에 또 당첨될 확률이 별로 높지 않으니 몇 번 더『불멸의 날개』분들이랑 함께해서 이것저것 배우는 건 좋은 선택지라고 생각해요."

모니카와 올리아나도 마르셀라의 제안에 찬성했다.

"그럼 그렇게 하는 걸로……. 그럼 첫 불침번 잘 부탁드려요, 모니카 씨. 아직 저분들이 정말 신사들인지 확실하지 않으니까요."

"네, 저만 믿으세요!"

그리하여 모니카를 남겨두고 마르셀라와 올리아나는 곧바로 귀여운 숨소리를 내며 잠들었다.

바로 잠드는 능력도 헌터에게 필요한 요소 중 하나다.

'아델도 지금쯤 어딘가에서 야영하고 있을까…….'

교대까지는 세 시간 남았다.

그 사이 잠들면 곤란하다.

그래서 침대에 누워 학원 시절을 회상하는 모니카였다…….

＊　＊

"레나 씨, 잠깐 좀 괜찮아요?"

"왜?"

"이 완장을 오른팔에 차주시겠어요?"

"어? ……뭐, 딱히 상관은 없지만……. 찼어. 이제 뭐 하면 돼?"

"왼손으로 그 완장을 잡아당기면서 이렇게 말해주세요. 『저지먼트입니다!*』."

"도대체 뭘 따라 하는 거야! 영문을 모르겠네!"

대륙의 북쪽 끝, 마족의 주거 지역에서 돌아온 지도 2주째.

마일 일행은 일상(마일 일행한테는)으로 돌아와 있었다.

아니, 그 원정도 마일 일행에게는 『일상』의 일부에 지나지 않았

---

*『어떤 마술의 금서목록』 시리즈의 등장인물인 시라이 쿠로코의 대사.

지만…….

물론 마일은 지명 의뢰로 갔던, 이곳 티루스 왕국의 북동부와 약간 접하고 동서 방면으로 좁고 길게 뻗어 있는 오브람 왕국에서의 사건을 잊지 않았다.

그 일이 없었다면 마일은 고룡들의 행동을,『신의 아이의 조언이 트리거가 되어 시작된, 먼 옛날에 있었던 사건의 재발에 대비한 조사』라며 크게 걱정하지 않았을지도 모른다.

그건 신의 아이의 거짓말이나 망상이 아니라 오랜 세월에 걸쳐 나노머신에게 질문해 알아낸 결과였다.

하지만 수천 년, 수만 년 또는 그보다도 더 오랜 옛날 일이며 언젠가 다시 재발한다 해도 고작 수십 년의 수명에 불과한 마일의 생애 중에 일어날 확률은 몹시 낮을 터였다. 그러니 자기가 걱정할 일은 아니라고 생각했겠지.

……그렇다.『그 사건』만 일어나지 않았더라면…….

다른 차원 세계와 이어지는 구멍.

그 구멍을 의도적으로 사용해 원종(강한) 마물을 이 세계로 끌어들이려 하는 것이 분명한『만들어진 존재』.

이는『그때』가 가깝다는…… 몹시 가깝다는 것을 의미했다.

아니,『가깝다』가 아니라 이미 시작되었다는 것을…….

그리고 그 사실을 알아차리지 못할 마일이 아니었다.

'하지만 방법이 없어…….'

침대에 누워 혼자 수심에 잠긴 마일.

『위험하지 않을까』생각해도 할 수 있는 게 없는걸. 상대는 다른

127

차원 세계에 있고, 언제 어디에 나타날지 모르고, 정체도 얼마나 강한지도 숫자도 목적도 전혀 모르는 상황에서는 속수무책이지. 의지할 수 있는 나노도 가진 정보가 별로 없는 것 같고, 공격마법 이라는 형태가 아니면 이 세계 이외의 곳에는 간섭도 불가능한 것 같고……. 만약 나노에게 제한이 걸려 있지 않다면 어딘가에 차원 구멍이 생긴 순간 거기로 반양자 폭탄 같은 걸 던지면 될 것 도 같지만……. 물론 기폭은 구멍이 막힌 후에 시키고, 그 정도 야『수신하는 전파 신호가 끊기면 그 30초 후에 기폭』등으로 설 정해두면 구멍이 완전히 막힌 후에 기폭될 테니까 안전하고. ……전파가 끊기면 바로 기폭시키는 것이 아니라 30초의 여유를 두는 건 물론 예상치 못한 사태가 일어났을 때 긴급 정지시킬 수 있도록 하기 위해서야. 그 정도 시간이면 폭탄을 분해하거나 다시 새로운 차원의 구멍을 뚫고 거기 투입할 수는 없을 테니까……. 뭐, 다른 차원 세계에 대한 폭탄 투입은 물론 반양자 폭탄 제조조 차도 분명『금칙 사항』일 테니 이 방법은 백날 생각해봐야 의미 없지만…….'

그리고 잠시 멍하니 있는 마일.

'……나노가 말을 안 거네. 역시 방법이 없나…….'

평소 같으면 이미 나노머신이 뭐라고 운을 뗐을 타이밍이다.

그런데 마일이 먼저 부르지 않는 한 먼저 말할 생각 없다고 의 사를 밝히는 느낌인 것은 그런 이유 때문이리라.

'뭐, 자기들 세계는 자기들이 지키겠다, 그렇게 나오는 거야 당 연하겠지. 나를 전생시킨 그 사람, 고차원 생명체 씨도 직접 간섭은 하지 않는다고 했었고. 기술적, 능력적으로는 물론 가능하겠지만 그런 규칙이랄까 윤리관이랄까, 하면 안 되는 행동이라는 『규범』 같은 거겠지, 그 종족한테는……. 여하튼 내가 할 일은 이 세계의 위기를 모두가 이해할 수 있는 방식으로 설명하고 차원 구멍을 통해 오는 존재를 모두 힘을 합해 일찍 배제해서, 이 세계에 교두보를 만들게 두거나 번식시키거나 확산시키지 않도록 만들어 인간종을 비롯한 이 세계의 지적 생물의 멸종과 생물상의 격변을 방지하는 거겠지……. 적어도 혼자서는 도저히 해낼 수 없는 일이고, 그렇게 해야 할 의무도 없어. 아니, 물론 인간 그리고 이 세계의 주인으로서 의무는 다하겠지만, 나 혼자 전부 떠맡아 무슨 수든 써야 한다고 초조해할 필요는 없는 거야. 이 세계는 이 세계에 사는 존재들이 다 함께 지키면 돼. 난 그 일원으로 미진한 힘을 보태면 그만이고. 내가 할 수 있는 범위에서……. 나 혼자 난리 치면서 멍청할 정도로 솔직하게 『다른 차원 세계에서 침략자가~!』 하고 호소해 봐야 누가 믿어주겠어. 모두가 믿을 만한 이야기로 잘 바꿔서 설명해야 해. ……그나저나 어떻게 된 걸까……. 다른 차원 세계에서 침략이라면 보통은 차원을 넘기 위한 과학적 수단이라든지 차원의 문(GATE)이라든지 차원 항행함이라든지 요마라든지 정신 생명체 같은 것들이 오지 않나……. 왜 마물 변이종 같은 게……. 그리고 모처럼 흑막 같은 게 등장하나 했더니 말도 안 하고 빔 병기도 없는 말단 로봇이라니……. 뭐, 사태가 『의도』되었고 명확한 적대자가 있다는 사실을 알아낸 건 의미하는 바가 크지만, 그것 이외에는 하나도 모르니까……. 먼 옛날부터 몇 번이나 거듭되었다는 이 행위에 무슨 의미가 있고 목적은 무엇일까. 멸망해가는 세계에서 이주? 노예가 필요해서? 식량과 자원을 구하려고? 그리고『사실 차원 구멍 너머는 미래의 이 세계였다!』라든지『거기는 먼 옛날 이 세계를 떠난 선조들이 식민지 삼은 세계였다!』라든지…….'

【……아니, 아무리 그래도 그건 아니죠…….】

어이없어하는 느낌을 담아 마일의 고막을 진동시키는 나노머신.

'이제 와서 딴지 거냐…….'

마일이 머릿속으로 혼자 검토한 내용이 나노머신이 간섭할 수 없는 범위에서 벗어났는지 평소처럼 끼어든 전속 나노머신.

【무슨 소름 끼치는 상황을 상상한 겁니까……. 그 두 가지 모두 동족상잔의 비극 아닌지요? 전자는 선조와 후손의 싸움이라 어느 쪽이 이겨도 멸망할 뿐인데……. 그런 황당무계하고 구제 불능……, 어라? 몹시 낮은 확률이긴 하지만 그런 사태도 일어날 수 있다고? 정말이냐?!】

마일과의 대화를 모니터한 듯한, 나노머신 중앙 사령부(센터) 같은 곳에서 분석 결과가 전달된 모양이었다.

'가능성, 있구나…….'

【나유타* 분의 일 이하의 확률이라곤 합니다만. ……그런데 왜 그런 말도 안 되는 확률의 지옥도를 그린 겁니까! 악귀입니까!】

말이 너무 심했다.

'아니, 전생에서는 흔한 일이라…….'

---

*那由他, 10의 112승.

【거기는 어떤 세상인가요! 지옥보다 더 심하군요. 그런 세계, 최악 중의 최악입니다!】

 '아니, 뭐, 실제로 있었던 일은 아니고 이야기 속에서지만······.'

 아무래도 나노머신은 뭔가를 얼버무리려고 놀란 척하는 게 아니라 정말로 경악한 듯했다.

 어쩌면 몇 번째인지 모를『끝』이 임박했을지도 모르는 이 세계.

 평온하고 평범한, 흔해빠진 인생을 갈망했던 마일.

 사람들이 모르는 사이에 세계는 한 걸음 한 걸음,『그때』를 향해 나아가고 있었다.

제114장 체인점

"체인점을 열어요!"

"느닷없이 또 무슨……."

"뭐, 마일짱이니까요……."

"마일이니까……."

이제는 마일이 갑자기 무슨 말을 꺼내도 놀라지 않는 레나, 폴린 그리고 메비스였다.

"그래, 너의 그 괴력으로 쇠봉을 구부려서 체인을 만들겠다는 거지? 대장장이한테 다양한 굵기의 짧은 쇠봉을 사들이면 가공은 네가 맨손으로 구부려 뚝딱 만들면 되니까 경비도 별로 들지 않아 고스란히 이익으로 돌아온다는 거 아니야? ……체인 메일도 만들 거야?"

체인 메일은 행운의 편지를 가리키는 게 아니다. 체인으로 감은 방어구, 쇠사슬 갑옷이다.

"해요! 재료인 쇠봉은 마일짱의 수납마법이면 다양한 종류를 상시 준비할 수 있으니까 모든 이의 요구에 부응할 수 있고 작업은 밤에 하면 헌터 일에도 지장을 주지 않아요. 마일의『수작업』이라면 소리도 냄새도 나지 않을 테니 여인숙이든 야영지든 문제없을 거예요!"

폴린, 대찬성이었다.

"저만 밤낮없이 일하다니, 이 무슨 악덕 회사인가요! 그게 아니에요. 『체인 가게』가 아니라 『체인점』이라고요!"

"······그게 그거 아니야······?"

메비스도 둘의 차이를 모르는 눈치였다.

어쩔 수 없다. 이 세계에는 대규모 상가가 지점을 내는 일은 있어도 체인점, 프랜차이즈 같은 개념은 없으니까.

"체인점은 자금이 풍부한 대형 가게가 통일성 있는 가게를 많이 내는 경영 형태를 말해요. 가게의 이름과 간판, 외관 등을 똑같이 만들고 취급하는 상품, 서비스 내용, 기타 등등 전반적인 것들을 매뉴얼로 만들어서 완전히 똑같이 운영하는 거죠. 그렇게 하면 상품의 품질과 서비스가 동일하니까 어느 지점에 가도 늘 가던 곳처럼 편하게 이용할 수 있어요. 들어가 보니까 가격이 비싸더라, 상품 품질이 나쁘더라, 직원 태도가 별로더라, 할 걱정이 없답니다."

"그렇군요! 게다가 그 가게의 지점 수를 알 수 있어서 얼마나 잘 나가는지 강조할 수도 있겠어요! 또 상품이 똑같으면 물건을 일괄적으로 대량 매입하니까 과감한 할인 교섭도 가능하고, 다른 가게랑 재고를 교환해 판매 기회의 상실도 방지할 수 있고. 직원 교육도 수월하고, 일손이 부족할 때는 다른 지점에서 파견 나올 수도 있고요. 마일짱, 정말 멋진 아이디어야! 몇 가지 문제점을 제외하면 말이지······."

폴린, 칭찬이 자자했다.

뭐, 돈 되는 이야기는 대체로 칭찬하는 편이지만…….

"……그『몇 가지 문제점』이 뭔데? 대충 짐작은 가지만…….""

그렇다, 물론 레나가 폴린의 의미심장한 말을 그냥 넘길 리 없었다.

폴린은 레나의 말을 받아 이야기를 이어나갔다.

"우선 마일짱이 처음에 말했던,『자금이 풍부한 대형 가게』라는 부분. ……우리『붉은 맹세』는 거기에 해당 사항이 없죠. 많은 가게를 내려면 막대한 자금이 필요해요. 제가 작은 상회를 내려고 모으는 중인 목표 금액보다 훨씬 많은 돈이……. 그리고 많은 지점을 내려면 그만큼 많은 직원이 필요하죠. 지점을 안심하고 맡길 수 있는, 유능하고 신뢰할 만한 지점장 후보 그리고 그 밑에서 일할 성실한 지원들이요. 마일짱이 이렇게 빨리 제 상회 설립에 협력하기로 한 건 기쁜 일이지만, 갑자기 이러는 건 장사를 너무 물로 보는 거예요. 처음에는 본점에서 실적을 쌓아 고객의 신뢰를 얻고, 서서히 거래 범위와 규모를 확대해서…….""

"잠깐! 그야 폴린이 상회를 내는 것을 마일이 돕는 건 마일의 자유고 나도 그때는 파티 자산 중 내 몫을 투자하거나 상회 상품 수송 호위 의뢰를 받는 등 여러 가지 방면으로 협력을 아끼지 않을 거지만, ……그건 내가 A등급이 되고 난 이후의 이야기라고! 아직 B등급도 안 됐는데 벌써 마일을 빼가는 건 못 참지!"

"옳소! 왕궁이나 어느 상급 귀족이 기사 제안을 할 가능성이 있는 A등급이 될 때까지 마일은 빠지면 안 돼!"

레나가 폴린의 말을 끊었다.

이어서 메비스도 동조했다.

이 두 사람은 자신의 목적을 이루기 위해 A등급을 목표로 하고 있으니 당연하리라.

하지만…….

"마일짱은 빠지면 곤란하다?"

""아…….""

호랑이(폴린)의 꼬리를 밟고 말았다.

레나와 메비스가 그 사실을 깨달았을 때는 이미 늦었다…….

"호오……. 마일짱은 빠지면 곤란해요? 그 말투, 마치 제가 빠지는 건 딱히 상관없다는 소리로 들리네요……."

((큰일 났다!!))

과거, 두 차례에 걸친 『폴린만 놔두고 간 사건』을 떠올리고 얼굴이 새파랗게 질리는 레나와 메비스.

"그리고 남의 힘을 빌려서 A등급이 될 계획인가요……."

""케헥!""

큰 타격을 입은 듯한 레나와 메비스였는데, 그 말을 들은 마일은 생각했다.

'아니, 내 수납마법에 의지해 상회 설립 계획을 세우고 있는 폴린 씨가 할 말은 아닌 것 같은데…….'

서 있는 사람은 클라라라도 이용하라.*

마일은 그런 사고방식을 갖고 있었고 동료이자 친구인 모두를 위해 자신이 도움이 되는 것을 절대 싫어하지 않았다. 하지만…….

---

*원래 속담은 '서 있는 사람은 부모라도 이용하라'.

'다들 내가 언제까지나 함께한다는 걸 전제로 미래 설계를 한 거야? 세상, 언제 무슨 일이 생길지 모르는데……. 내가 갑자기 사라지면 어쩌려고 그러지? 역시 좀 쓴소리를 해두는 편이 좋을까…….'

그렇게 생각하면서도 일단 마일은…….

"부탁이야, 나 때문에 싸우지 말아줘!"

언젠가 말해보고 싶은 명대사 시리즈를 소화하는 것을 우선했다.

"아니, 애초에 전제가 틀렸다고요! 저, 아직 당분간은 헌터를 그만둘 생각이 없고, 폴린 씨의 상회에서 창고 겸 짐마차로 일할 생각은 더더욱 없어요! ……아, 그런 표정 지어도 소용없어요, 폴린 씨……."

*　*

"……그럼 그『체인점』이라는 건 상회가 아니라 그냥 같은 가게의 집합체라는 거야?"

"네. 그래서 꼭 모든 가게에 유능한 상인이 있을 필요는 없어요. 이번에 제가 생각하고 있는 건 포장 가능(테이크아웃)한 식당으로, 그냥 레시피대로 요리하면 되기 때문에 꼭 실력 있는 요리사가 없어도 되고……. 평범한, 하라는 대로 할 수 있는 사람이면 누구나 가능해요. 그리고 지점은 각자 자기가 비용을 부담해서 열고 식재료도 자기들이 준비하는 거예요. 저희가 자금을 제공하고 집

중 조달 설비(센트럴키친)를 갖춰서 전 지점에 요리를 직접 만들어 배송하는 게 아니라요……. 그러니까 사실 정확히 말하면『본사 직영형 다점포 경영(체인점)』이 아니라 프랜차이즈에 해당하지만 『프랜차이즈』라고 말해도 이해할 사람이 아무도 없고 설명하기도 귀찮으니까 비교적 의미를 이해하기 쉬운『체인점』이라고 한 거예요. 뭐, 프랜차이즈도 체인점의 한 가지 형태니까요, 본사 직영이 아닐 뿐…….”

마일의 설명을 듣고도 아직 잘 이해하지 못하는 듯한 레나 일행.

“그런데 만약에 그게 성공해서 돈을 많이 벌게 되면『용사 가게』라든지『심부름꾼 가게』라든지, 더 노골적으로는『대성녀 가게』, 『본가 성녀 가게』,『원조 성녀 가게』같은…….”

폴린의 말대로 특허, 등록 상표, 실용신안 등의 개념이 없는 이 세계에서는 힘없는 자가 어떤 새로운 아이템으로 한밑천 벌면 대상가부터 중소 상가까지 온갖 장사치들이 덩달아 유사 아이템으로 장사를 벌인다. 그리고 재력과 노동력, 관리에게 갖다 바치는 뇌물, 깡패를 동원한 방해 공작으로 최초 발안자의 가게를 망하게 하거나 빼앗는 것은 흔한 수법이다.

“애초에 우리가 왜 그런 걸 해야 하는데! 딱히 자금이 부족한 것도 아니고 지금은 B등급 그리고 A등급을 향해 열심히 달리는 게 최우선이잖아?”

“그래. 할 필요도 없는데 시간을 할애하고 귀찮은 일에 휘말리기 쉬운 일을 시작할 이유가 없어. 나도 지금은 헌터 일에 전념해야 한다는 레나의 의견에 찬성이야.”

A등급이 당면 목표인 레나와 메비스가 그렇게 나오는 것은 지극히 당연했다.

　헌터 등급에 별로 흥미 없는 폴린이야 장차 자신의 상회를 세우기 위한 예비 연습이 되고 마일에게 장사와 돈벌이의 매력을 알려줄 절호의 기회이기도 하므로, 마일의 제안에서 문제점을 시정하고 자신이 브레인이 되어 지도하면 어떻게든 될 거라며 긍정적으로 받아들였다.

　하지만 이렇게 일찍부터 가게를 낼 계획은 없었고, 레나와 메비스의 A등급 목표 그리고 두 사람이 그걸 원하는 이유를 잘 알았기에 적극적으로 마일의 뒤를 밀어줄 생각도 별로 없었다.

　"그, 그게 아니에요! 제가 가게를 운영하겠다는 말이 아니라고요! 그냥 경영 노하우와 레시피만 알려주고, 처음에 조금 도와주는 것 이외에는 경영에 관여하지 않을 거고 돈도 받지 않을 거예요. 그러니까 우리의 헌터 활동에는 지장이 없어요. 뭐, 요리 소재의 납품 의뢰를 받는 것 정도는 있을지 몰라도⋯⋯."

　"돈을 안 받겠다고? 그럼 우리가 관여하는 의미가 없잖아!"

　당연히 그 부분에 발끈하는 폴린.

　"⋯⋯그러니까 물론 마일한테는 그래야 할 어떤 이유랄까, 목적이 있는 거지?"

　"넌 착하지만, 자선사업가가 아니라는 거 잘 알아. 어쩌다 만난 상대를 도와주기는 해도, 굳이 제 발 벗고 나서서 억지로 친절을 베풀고 다닐 애가 아니라는 것 정도는 말이야. ⋯⋯자, 무슨 속내인지 빨리 토해내시지!"

그리고 메비스와 레나의 날카로운 지적에 멋쩍게 웃는 마일.

"실은 정보망을 형성하려고요."

""정보망?""

레나 일행의 목소리가 겹쳐졌다.

"네. 지금까지 모은 정보로 봤을 때, 차원 구멍 너머에 있는『이 세계를 적대할 확률이 상당히 높은 존재들』이 이 근방의 나라들…… 마레인 왕국과 오브람 왕국 그리고 아마 트리스트 왕국과 티루스 왕국까지도 건들 거라는 건 기정사실이나 마찬가지예요. 하지만 강한 신종 마물의 출현이라고 설명하면 헌터 길드와 나라의 상위층이 믿어줄지 몰라도, C등급 헌터에 어린 소녀들이 말하는 진실 따위는 아무도 진지하게 안 들을 거예요. 신종 사체를 보여줘도『강한 개체의 출현』이라는 증명은 되겠지만 이차원 세계의 존재, 거기 사는 존재의 침략 등에 대한 증거는 안 되니까요. 오락 소설을 너무 많이 읽어서 망상병에 걸린 가여운 아이 정도로 여길 게 뻔하다고요."

"그야……, 그렇겠지……."

레나가 대답했고 메비스와 폴린도 고개를 끄덕였다.

이 세 사람은 마일의『일본 전래 허풍동화』와 미아마 사토데일의 소설에 단련되어 온갖 비상식을 겪었고,『마일』이라는 살아 있는 부조리를 눈앞에서 목격하고 있기에 그대로 받아들이고 믿을 수 있었던 것이다.

그걸 국가 중진들에게 바라는 것은 너무나 무리였다.

"그리고 괜히 어중간하게 믿게 하는 건 오히려 나쁜 사태에 빠질 가능성도 있으니까……."

"네, 그렇죠……."

"'음?'"

메비스와 폴린의 말에 의아해하는 마일과 레나.

"아니, 그런 소문이 나면 민중들 사이에 불안이 퍼져서 큰 소란이 일어날 거 아냐? 그리고 정세 불안으로 이어져 『폭동』이라는 이름으로 호상의 창고가 습격당하는 등 윗사람 관점에서 여러 가지로 상황이 나빠지겠지……. 그렇게 될 바에는 차라리 쓸데없는 소문이 퍼지기 전에 정보를 묵살하거나 위험 분자를 확……."

"민중의 패닉 방지를 위한 정보 통제인가요! 그리고 정보가 새는 것을 막기 위해 저희를 처리한다……."

꽤 그럴싸한 메비스의 예상을 차마 부정하지 못하는 마일.

"그래. 그러니까 이런 정보를 퍼트릴 때는 장소, 상대, 타이밍, 규모, 내용까지 그 모든 것을 신중하게 고려해야지, 아니면 자살 행위만 될 뿐이라는 게 업계의 철칙이야. 아무 생각 없이 그냥 전달하고 퍼트리면 그만인 문제가 아니라고."

"'………….'"

메비스의 무서운 설명을 받아들였는지 창백해진 얼굴로 입을 꾹 다무는 세 사람.

"……아, 아아아, 아무튼 저도 윗선에 쓸데없이 정보를 흘리면 안 된다고 생각했어요! 그러니까 각지에 저희의 영향력이 미치는 가게를 만들고 거기서 정보 수집을 하게 만드는 거예요. 그래서 무슨 일이 생겼을 때 그렇게 급하지 않으면 길드 편이나 상단에 의뢰하고, 급한 경우에는 낮은 등급인 솔로 헌터한테 의뢰해서 저희에게 연락하게 하는 거죠. 그럼 일이 공개되어 국가가 움직이고 그 사실이 다른 나라에 퍼지는 통상적인 경우보다 훨씬 빨리 정보를 입수할 수 있어요."

"""…………."""

마일의 설명을 들은 세 사람의 반응이 왠지 뜨뜻미지근했다.

그리고…….

"정보를 빨리 입수해서 뭘 어쩔 건데?"

"우리가 좌지우지할 수 있어?"

"그건 국가가 다른 나라와 힘을 합해서 어떻게든 할 일 아닐까요? 마일짱과 우리, 고작 넷이서 뭘 할 수 있다는 건지?"

"…………."

동료들에게 부정당하자 마일은 조용히 고개를 푹 숙였다.

"……아, 앗, 방금 말은 취소!"

"응, 아주 훌륭한 제안이야!"

"본점과 지점 관계가 아니라 동등한 위치인 상점의 네트워크. 장차 상회 설립을 위한 시험 케이스로 참고할 수 있겠어요!"

셋 다 마일한테 너무 약했다…….

*　　*

"아니, 괜찮다니까요? 어차피 요리 레시피를 가르쳐주는 사람은 저고, 파티 자산이 들어가는 것도 아니고, 쉬는 기간에 저 혼자 하면 되는데요⋯⋯."

"""삐졌네⋯⋯."""

마일도 삐질 때가 있다.

레나 일행이 손바닥 뒤집듯 마일의 계획에 찬성한 이후에도, 완전히 부정당한 데다 그것을 논파하지 못했다는 사실에 마음이 상당히 상한 모양이었다.

'논파하지 못해 어린애처럼 방에 틀어박히다. ⋯⋯『논파룸*』, 에잇, 시끄러워!'

속으로 혼자 북 치고 장구 치기 시작했다는 것은 마일이 상당히 열받았다는 증거다.

"뭐, 저 따위가 아무것도 안 해도 고룡들이 어떻게든 해주겠죠! 차원 구멍에 드래곤 브레스를 쏘거나 침입자들을 밟거나⋯⋯. 어차피 저는⋯⋯."

"""주눅 들었네⋯⋯."""

"그런데 고룡은 마물 특이종 정도는 이 세계에 침입해도 눈 하나 깜짝하지 않을 텐데 왜 신경 쓰는⋯⋯, 아, 선조가 조물주(주인님)에게 부탁받아서 그런가⋯⋯?"

"""망상 모드에 들어갔다⋯⋯."""

"시끄러워요, 아까부터!"

"""화났다⋯⋯."""

---

*1960~70년대에 일본에서 방영된 어린이 방송 『룸퍼 룸』에서 따온 말장난.

                              *　*

　좌우지간 마일은 체인점을 열기로 했다.

　B등급이 되기 위한 공적 포인트는 이미 충분히 모았고, 레나
일행도 지금은 헌터 일을 그렇게까지 고집하지 않아서 마일이 하
고 싶은 대로 하게 두었다.

　"우선 이 도시부터!"

　당연히 1호점은 『붉은 맹세』의 본거지인 티루스 왕국 왕도였다.

　"안녕하세요!"

　그리고 찾아간 곳은 물론 마일에게 익숙한 장소였다.

　아무리 잘 나가는 명물 헌터라지만 마일과 『붉은 맹세』의 이름
을 아는 것은 헌터 길드 관계자와 왕궁의 첩보 부서, 그리고 호위
의뢰를 받은 적 있는 극히 일부 상인뿐.

　……게다가 호위 의뢰를 내는 상인은 요식업계와는 분야가 다
르며 고용한 헌터의 정보를 유출하는 것은 중대한 규칙 위반이어
서 다른 상인에게 『붉은 맹세』 이야기가 퍼지지도 않았다.

　그러니 12~13살 정도로 보이는 평범한 헌터 소녀들을 일반 상
인이 상대해줄 리 없었다.

　당연히 이 도시뿐 아니라 2호점부터 쭉쭉 낼 예정인 다른 도시
에서도…….

　그래서 마일이 노린 곳은 마일을 신뢰해 점포와 인력을 공짜로

확보할 수 있고 다른 도시에서 활동할 때 성공 사례로 보여줄 수 있는 실적이 되면서, 횡적 관계가 형성되어 비록 돈과 권력은 없어도 다른 도시 동업자와 좋은 관계를 유지할 수 있는……, 요컨대 이곳의 보육원이었다.

"아이참, 마일 씨, 항상 죄송하네요……. 마일 씨가 가져다주시는 고기와 약초 덕분에 늘 큰 도움 받고 있어요. 애들도 몰라볼 정도로 건강해졌고요……."

헐레벌떡 달려 나온 보육원 원장 선생님이 머리 숙여 감사 인사를 했다.

그렇다, 이곳에서 마일은 VIP 대접을 받았던 것이다.

마일은 사냥 후 헌터 길드에서 돌아오는 길에 이곳에 들러, 길드에서 팔지 않고 남겨둔 사냥감 한 마리를 기부하곤 했다.

보육원에 오크 고기 한 마리란 얼마나 클까.

심지어 꽤 빈번하게, 가끔은 뿔토끼며 멧돼지 등도 얹어 주고 어떨 때는 산나물과 약초까지 줄 때도 있었다.

보육원에 그런 도움을 주는 사람은 보육원에 있어서 이미 사람이 아니다. 신의 사자, 인간의 모습을 한 신이었다.

평소처럼 아이템 박스에서 꺼낸 선물을 건넨 마일은 원장 선생님에게 말을 꺼냈다.

"저기~, 혹시 여기에 가게를 내도 되나 싶어서요……."

"기꺼이!"

"앗……."

즉답이었다.

어떤 가게인지도, 조건조차 묻지 않고 단칼에 승낙했다.

그건 그만큼 마일을 믿어서일까 아니면『어차피 더는 잃을 것도 없다』며 과감하게 나온 것일까…….

＊　＊

"……튀김집이요?"

"네! 이 근방에서 가열 요리라고 하면 주로 굽고 삶고 볶는 거잖아요? 그러니까 그다지 알려지지 않은『튀김』요리로 승부를 보는 거예요. 찜도 드물긴 하지만 찌는 건 조리에 시간이 걸리기도 하고 찐 고구마 말고는 재료 준비도 번거롭고 조리기구 같은 것도 이래저래 귀찮으니까 이번에는 패스할게요. 튀김의 이점은 밑 작업만 해두면 비교적 빨리 만들 수 있다는 것, 포장이 간편하다는 것, 재료의 크기와 기름 온도만 일정하게 하면 동일한 시간에 동일한 결과물이 나오는 데다가 애들도 쉽게 만들 수 있다는 거예요."

"그렇군요……."

원장 선생님도 마일의 설명을 이해한 눈치. ……그 부분에 관해서는 말이다.

"하지만 이 보육원은 시내 중심부에서 다소 떨어져 있는데요. 그런 곳에 가게가, 그것도 메뉴가 하나뿐인 가정식 요리를 파는 식당에 손님이 많이 올지……."

그리고 연륜 있는 원장 선생님이 당연히 현실적인 문제점을 지

145

적했는데…….

"괜찮아요. 저한테 맡겨만 주세요!"

도구와 초반 식재료는 마일이 준비하기로 했기에 실패해도 보육원은 잃을 것이 없었다. 해봐야 아이들의 노동이 헛수고로 돌아가는 정도다.

그리고 그 정도는 지금까지 마일이 줬고 앞으로도 줄 은혜에 비하면 별것 아니었다.

그리고 만약 잘만 된다면…….

"잘 부탁드립니다!"

그렇게 말하며 마일의 손을 덥석 잡는 원장 선생님.

그것 이외의 대답이 있을 리 없었다.

"튀김 기름은 오크의 등 부위 지방을 사용할 거예요. 그러니까 처음에는 제가 제공하는 오크 고기를 쓰면 기름을 따로 살 필요가 없어요. 튀김 재료는 물론 오크 고기도 쓰겠지만 쿠쿠새랑 다른 고기, 그리고 채소 같은 것도 쓸 거예요. 그것도 어느 정도는 제가 제공하겠지만 다른 건 알아서 사주세요. 스스로 이런저런 튀기기 적합한 재료를 고민하고 찾아내는 것도 좋다고 생각해요. 그리고 오크 고기와 다른 식재료 모두 가게가 본궤도에 오르고 나면 전부 알아서 사셔야 합니다. 제가 제공해 드리는 건 어디까지나 가게가 자리 잡을 때까지예요. 그게 아니라 제가 계속 무상 제공하는 것을 전제로 깔아버리면 제가 헌터 일 때문에 멀리 떠나거나 ……일에 실패했을 때 문제가 생기니까요."

헌터가 일에 실패했을 때란『아무리 시간이 지나도 돌아오지 않는 것』을 가리켰다.

마일은 가게가 자리 잡은 후에도 종종 오크를 공짜로 줄 생각이지만, 처음부터 거기에 의지할 생각으로 쉽게 마음먹으면 곤란하기에 지금은 일부러 냉정하게 말해두었다.

"…………, 알았어요……."

원장 선생님도 그 정도는 잘 알았다.

아침에 씩씩하게 나선 헌터가 영영 돌아오지 않는다.

또는 그『일부』만 동료의 등에 업혀 돌아온다.

이 보육원 출신 중에도 그런 사람이 있었을 것이다. 몇 명이나, 몇 명이나…….

밑바닥 직업인 헌터는 고아가 할 수 있는 대표적인 직업이니까.

……왜 마일이 제안한 것이 하필이면 손 많이 가는『음식점』일까.

연륜 있는 원장 선생님은 그 이유를 잘 알았다.

음식점은 원가율이 낮다.

딱히 폭리를 취하는 게 아니다. 식재료 말고도 임대료, 광열비, 인건비, 기타 여러 가지 것들에 돈이 들어가기 때문이다.

상하거나 썩지 않는 상품을 대량으로 사들이고 직원이 계산대에서 값을 치러주는 것이 전부인 상점에 비해 상하는 식재료와 많은 종업원, 요리사, 설거지 담당 등이 필요하며, 테이블보다 많은 손님은 받지 못하고 한 손님이 몇 시간씩 앉아 있는다. 이런 상황 속에서 이익을 창출하기란 쉽지 않다.

……특히 아마추어가 처음 시작할 경우에는 더욱.

그런데 만약 거기서 인건비와 임대료가 공짜라면?

드는 것은 재료비(원가)와 광열비, 기타 잡다한 경비뿐이고 나머지는 전부 영업 이익이 된다면?

……다른 보통 식당이 가격 면에서 대항 가능할 리가 없다.

요컨대 따라 하는 식당이 나오더라도 공존할 수 있다는 뜻이다.

도시 중심부에서 일반적인 가격의 음식을 사 먹는 고객층.

그리고 가게까지 조금 걸어야 하긴 하지만 저렴한 가격에 먹을 수 있으면서도『보육원 운영에 공헌하고 있다』는 자기만족을 느끼고 기분이 좋아지는 쪽을 택하는 고객층.

인건비와 임대료가 나가지 않는다는 점만으로는 아무리 대형 식당이 따라 하려고 해도 절대 무리다.

이게 다른 장사였다면 모방한 가게에 순식간에 손님을 빼앗기고 말겠지.

그리고 원장 선생님에게는 아직 말하지 않았지만, 마일이 생각하는『정보 수집』이라는 관점에서도 단순히 상품을 제공하고 돈을 받는 가게보다는 음식점 쪽이 유리했다.

일단은 마일도 아무 생각이 없는 것이 아니었다.

"튀김이면 식재료가 완전히 익으니까 식중독에 걸릴 염려도 없고 다양한 식재료를 사용해도 튀기는 데 걸리는 시간 정도밖에 조리 방법에 차이가 없으니까요. ……다만 기름을 쓴다는 부분이 조금 위험해요. 아이들이 화상 입을 위험 그리고 화재 위험…….

그러니까 주방은 보육원 건물 말고 정원 한쪽 귀퉁이에 만들기로 해요. 제가 흙마법으로 뚝딱 지을 테니까……. 그리고 최대의 현안 사항, 『아이들이 뜨거운 기름이 들어 있는 냄비를 엎을』위험을 방지하기 위해서 냄비는 아궁이에 고정해 움직이지 않게 만들게요. 물론 혹시라도 아이들이 냄비에 빠지지 않도록 높이와 크기, 주변 등에 만전을 기해서……. 그리고 인력이 넉넉하다는 강점을 잘 살려 연장자 한 사람은 다른 일 말고 냄비만 지키는 역할을 맡게 하는 등, 어쨌든 안전에 주의를 기울여요."

마일도 그 부분을 고려하고 있었다.

기름을 쓰는 것이 조금 위험하긴 하지만, 찜 같은 경우는 식재료를 손질해야 하는 수고와 찌는 데 걸리는 시간 등 때문에 아마추어가 단시간에 대량으로 조리하기가 어렵다고 판단한 것이리라.

또 마일은 원래 찜 요리에 대해 잘 몰랐다. 그래서 오로지 튀김만 하게 된 것이다.

그리고 만약에 기름이 튀어 다소 화상을 입더라도 치유마법으로 어떻게든 된다고 생각했을지도 몰랐다.

아이들을 생각하는 마음이 깊어서 아픈 기억을 만들어주고 싶지 않을 텐데, 그 정도는 허용 범위에 있다고 봤을까…….

어쨌든 이렇게 해서 1호점에 대한 전망이 세워졌다.

＊　　＊

"……이렇게 해서 1호점 교섭이 순조롭게 스타트를 끊었습니다!"

저녁 식사 시간에 기쁜 투로 그렇게 보고한 마일은 먼저 방으로 재빨리 돌아갔다.

아마 내일 있을 보육원에서의 준비 계획이라도 짜려는 것이리라.

그리고 식후 차를 마시면서 식당에 남은 레나 삼 인방.

"어떻게 생각해?"

"글쎄요……."

메비스가 운을 떼자 어깨를 움츠리며 대답한 폴린.

"뭐, 정보 수집과 연락은 다른 개인에게 부탁할 게 못 되니까. 헌터한테 의뢰해도 그 헌터가 도시에 쭉 있는 것도 아니고, 뭘 위해서 하는 건지 의미도 모르는 이상한 의뢰는 받으려는 사람도 없을 테고……. 길드 자체에 의뢰해도 길드에서 정확한 정보를 확보한 다음이 아니면 의미가 없으니까 말이야. 그런 단계라면 이미 그곳 소속 헌터와 다른 도시 길드 지부에도 정보가 다 들어갔을 테니 의뢰를 맡기는 의미가 없고 너무 늦지……. 보육원을 이용하는 것도 그렇게 기발한 방법 같지는 않지만……."

메비스도 그렇게 말하며 어깨를 움츠렸다.

"알아, 다른 더 간단한 방법도 있을 텐데 마일이 굳이 보육원을 활용하려고 한 것 정도는……."

그렇다. 아버지를 여의고 그 이후 자신을 보살펴 준 『붉은 번개』마저 잃은 레나는 마법 재능이 발현하지 않았다면 아마 고아가 됐을 것이다.

보육원에 맡겨지면 그나마 운이 좋은 편. 재수 없으면 슬럼가의 부랑아가 되어 성인이 되기도 전에 인생이 끝났을 가능성도 있다.

그런 레나가 고아들에게 생각이 미치지 않을 리 없었다.

마일이 보육원과 강가에서 생활하는 부랑아들에게 종종 물건을 갖다주는 것을 아는 레나는 자신도 이따금 고아들을 돕고 있었다.

그래서 마일이 이번에 정보 수집 네트워크를 핑계 삼아 보육원에 지속적 수입원을 마련해주려고 한다는 것 정도는 애초부터 눈치챘다.

하지만 적극적으로 도우려고 해도 레나는 오크 한 마리를 통째로 운반해줄 수 없었다.

……게다가 요리에도 소질이 없었다. 소름 돋을 만큼…….

예전에 마일이 『어디 치즈루 씨인가요! 어디서 료칸이라도 경영하나요!*』하는 영문 모를 말을 외친 적이 있다.

그래서…….

"……뭐, 마일은 고아들이랑 즐겁게 해보고 싶을 테니까 원하는 대로 하게 하자. 우리는 마일의 상황에 맞춰서 다른 영지에 가는 일을 받거나 또 수행 여행으로 다른 나라를 돌거나 하면 되지."

"응. 그 정도쯤 해줘도……."

"진 빚은 다 못 갚겠지요…….."

메비스의 말에 고개를 끄덕이는 폴린.

그렇다. 마법과 검술 특훈도, 집안 소동 사건 때도, 메비스의

---

*카시와기 치즈루. PC 게임 『키즈아토』의 캐릭터. 온천 료칸을 운영하며, 음식 솜씨가 공포스러울 만큼 형편없다.

151

왼팔도, 그리고 기타 등등…….

다들 마일에게 진 빚이 너무 많았다.

"바보네."

하지만 레나가 메비스와 폴린의 말을 부정했다.

"우리가 저 아이를 보호하고 소원이 이루어지게 도와주는 건
『빚』때문이 아니야!"

""아…….""

그렇다. 레나의 말이 옳았다.

모두가 마일을 돕는 이유는…….

"이 몸에 붉은 피가 흐르고 있는 한……."

"""우리의 우정은 불멸!"""

"흐흐흑, 다들……."

그리고 눈물이 맺힌 마일.

아무리 2층 방에 있어도 저렇게 큰소리로 외치니 고성능인 마
일의 귀에 다 들렸던 것이다…….

                              *   *

"하압!"

뭉게뭉게……, 쿵!

"건물, 완성되었습니다!"

보육원 건물에서 조금 떨어진 정원 한 귀퉁이에 마일의 흙마법

에 의해 작은 집 한 채가 형성되었다.

흙마법이라지만 완성된 집은 바위 재질이었다. 휴대식 요새 욕실과 휴대식 요새 화장실처럼 말이다.

그리고 단순한 집이 아니라 정원과 접한 벽면에 판매용 창문이나 있었다.

……그렇다, 튀김을 파는 부스로 실내에서 조리할 수 있게 되어 있었던 것이다.

바위로 되어 있고 보육원 건물에서 이만큼 떨어져 있으면 무슨 일이 생겨도 고아원이 전소할 염려는 없으리라.

"에이!"

뭉게뭉게뭉게……, 두둥!

"아궁이와 조리대, 완성된 요리를 진열할 찬장, 기타 등등도 완성했습니다!"

"""""""만세~!!"""""""

원장 선생님을 비롯한 어른들은 아연실색했지만, 아이들은 잔뜩 신나서 떠들어댔다.

역시 상식을 갖춘 사람들은 다소 받아들이기 힘든 모양이었다.

"이제 구멍 나서 못 쓰게 된 낡은 솥을 마법으로 고쳐서 아궁이에 고정할게요. 기름을 교체할 때는 작은 냄비나 국자로 퍼야 하니까 조금 귀찮겠지만 뒤집어서 버리다가 대참사가 일어날지도 모를 위험에 비하면 그 정도쯤은 허용 범위에 있겠죠?"

끄덕끄덕, 고개를 끄덕이는 어른들.

냄비가 아니라 솥인 이유는 아궁이 깊숙이 고정하기 위해서였다. 안전이 제일 중요하니까.

또 여기 보육원을 자주 찾는 마일은 구멍 뚫린 낡은 솥이 창고에 있다는 사실을 알았기 때문에 그것을 마법으로 고쳐서 쓰기로 했다.

아무리 망가졌어도 보육원은 금속 솥을 차마 버리기 어려웠던 모양이었다.

원래 일본인인 마일은 그 심정을 충분히 이해했다.

……바로『아깝다』정신이었다.

다르게 표현하면『궁상』.

한편, 튀김용뿐 아니라 오크의 등 부위에서 기름을 뽑아내기 위한 아궁이와 솥도 필요했다.

이것 역시 튀김용과 똑같이 흙마법으로 아궁이를 만들었다.

"앗, 솥이 부족해!"

그렇다, 기름을 만들려면 당연히 냄비나 솥이 있어야 했다. 이쪽도 사고를 방지하려면 솥이 좋다.

"……오래된 걸 기름용으로 쓸게요. 튀김용은 어디서 구해오고요……."

마일이면 어딘가에서 구멍 난 솥을 얻거나 중고를 싼값에 사들여 고쳐 쓸 수 있다. 그래서 그건 나중에 마련하기로 했다.

그 밖에도 마일은 다른 요리를 만드는 데 쓸 조금 작은 아궁이를 몇 개 더 만들고 어른들과 상의하면서 이것저것 상세하게 조정해나갔다.

혹시 모르니 주요리인 튀김뿐 아니라 다른 사이드 메뉴도 만들

때를 대비한 것이다. 물론 차라든지 따뜻한 물 등을 제공하는 것도 고려해 예비 아궁이가 더 필요했다.

"자, 이제 솥 하나 더 구하고 냄비랑 용기, 식재료를 제외하면 대충 준비가 다 된 것 같네요. 그럼 오픈은 다음 주에 하기로 하고……."

오크는 아이템 박스에 팔 수 있을 만큼 들어 있다.

……아니, 그렇게 조금씩 팔려고 저장해둔 것이지만…….

다른 식재료도 다양하게 갖추고 있어서, 이제 부족한 조리기구를 마련하고 아이들에게 조리법과 접객법만 알려주면 끝이었다.

그리고 거기에 제의를…….

* *

며칠 후 마일은 이미 튀김집 『아이 캔 프라이』를 하고 있었다.

장소는 왕도 중심가에서 약간 떨어진 보육원 정원의 한 귀퉁이.

종업원은 고아들이고 보육원 운영 관계자들과 자원봉사자들도 도움을 주었다.

도움이라지만 불과 기름을 쓰는 만큼 위험하지 않게 지켜보고, 종업원이 아이라고 행패 부리거나 요금을 떼어먹거나 나아가 매출을 갈취하려는 자가 나타나지 않게 대비한 인원 배치에 불과했다. 기본적으로 가게 일은 아이들만 하도록 말해두었다.

아이들의 자립심과 자신감을 키워주고, 보육원을 나온 뒤까지 고려한 인격 형성을 위해서였다.

원장 선생님을 비롯한 어른들 역시 마일의 그 제안을 받아들였다.

"오오, 진짜 하고 있네. 『수납 소녀대』 녀석들이 선전해서 와봤는데!"

그렇게 말하며 보육원의 정원에 들어와 착석하는 다섯 명의 남자들.

그 후에도 몇몇 그룹이 잇따라 들어왔다. 그중에는 여성도 있었다.

당연히 대부분 헌터 파티겠지. 또 하급 병사와 시내 건달들도 조금…….

건달이라고 해서 나쁜 의도가 있는 게 아니라 그냥 일반 손님으로 온 모양인지 일행들과 기분 좋게 대화를 나누고 있었다.

마일 일행이 선전해서일까, 보육원을 도울 생각이 들어서일까, 아니면 요리 실력에 정평이 나 있는 마일이 고안했다는 요리를 먹어보고 싶어서 온 것뿐일까…….

헌터와 병사, 건달 중에도 고아 출신이 있다.

그리고 언제 자기 자식이 고아가 되어 보육원의 보살핌을 받게 될지도 모를 일이다.

그래서 보육원에 나쁜 짓을 하는 사람은 절대 많지 않았다.

……여하튼 누가 무슨 목적으로 왔든, 손님이 와주었다는 사실은 변함없다.

웨이터를 맡은 아이들이 얼른 메뉴를 들고 뛰어왔다.

손님이 직접 튀김을 사 와도 되지만, 아이들에게 주문할 수도 있다.

그리고 그 경우, 강제는 아니지만, 팁을 주면 아이들이 기뻐한다고 메뉴판에 적혀 있었다.

일본 엔으로 환산했을 때 대략 20~30엔에 해당하는 팁.

이 돈만 내면 먹고 마시고 신나게 떠들다가 도중에 음식을 추가로 사기 위해 자리를 뜰 필요가 없다.

그리고 그 얼마 안 되는 돈이면 아이들이 뛸 듯이 기뻐하며 고마워하고『이제 밥을 더 많이 먹을 수 있을지도……』하고 중얼거리면서, 자신에게 팁을 준 행세 좋은 손님을 동경의 눈빛으로 바라보는 것이다.

밑바닥 직업인 하위 등급 헌터에게 이는 마약 같은 효과가 있었다.

그래서 다음 주문 때 팁이 더 많아지는, 그런 수법이었다.

아이들이 제공하는 것은 음식과 차, 따뜻한 물과 차가운 물뿐이다.

그런데 그것만으로는 손님들 사이에 불만이 생길 터였다.

어쨌든 메뉴가 다 튀김이니까.『술 가져와!』하는 소리가 나올 게 당연했다.

하지만 아이들에게 술을 팔게 하는 데에는 여러 가지 문제가 있었다.

술 판매와 제공은 상업 길드의 허락이 필요하고, 거기까지 가는 것은『보육원의 소소한 운영비 벌이』라는 영역을 벗어나고 만다.

그래서 마일이 생각한 것은 『술집 경영자에게 지점 내주기』였다.

도시에서 이미 술집을 경영하고 있는 사람에게 지점을 내주면 상업 길드 쪽도 문제 되지 않으며 종업원은 한 명이면 충분하다.

다른 서빙은 아이들이 맡으면 되고.

그리고 이곳이 술집 지점과 합동 판매소가 되면 큰 이익을 얻을 수 있다.

바로 손님이 가게 관계자에게 쓸데없이 시비 걸거나 폭력을 써서 가게를 망가트리는 불상사가 사라진다는 점이다.

보통 웬만한 진상도 술집 사람에게는 행패 부리지 않는 법이고, 가게를 망가뜨리지도 않는다.

해봐야 종업원을 희롱하거나 싸우다가 잔이나 접시, 의자, 테이블을 조금 부수는 정도며, 망가진 물품은 나중에 변상하는 것이다. 불가항력이라며 마스터로부터 면책 선언을 받지 않는 한.

……가게 종업원을 건드리거나 가게에 큰 피해를 주면 가게가 망하기 때문이다.

자신들이 먹고 마시는 편한 공간을 자기 손으로 망하게 하고 그것 때문에 다른 헌터들과 용병 길드 사람들, 병사, 일반 시민들에게 원한을 사면 여러 가지로 일이 성가셔진다.

그래서 술집에서 싸움이 벌어지더라도 나름대로 절도를 지키고, 가게에 피해를 주지는 않는 것이다.

서부극처럼 매번 의자나 테이블, 술통, 술병 같은 게 망가지거나 종업원이 맞거나 마스터가 총에 맞아 죽는다면 그 가게는 바로 망할 것이고 새로 술집을 개업하려는 사람도 없을 것이다.

그러니 그런 짓을 하는 자는 멍청하거나 어린놈뿐이며, 보통은 고참에게 즉시 얻어맞고 돈주머니에서 배상금을 뜯긴 다음 쫓겨나는 게 통례였다.

……슬슬 처음 주문한 요리가 테이블에 도착할 때 즈음…….

"뭐야, 이거!"

이 가게의 첫 손님인 남자 다섯 명 중 하나가 나온 요리를 한 입 먹고, ……두 입 먹고, 우걱우걱 먹은 다음 그렇게 소리쳤다.

낯선 메뉴 이름이 많아서 대충 주문해본 요리였었다. 그래서 처음 맛보는 요리였는데…….

그 소리를 듣고 주문한 요리가 오기만을 기다리던 다른 테이블 손님들이 인상을 살짝 찌푸렸다.

신뢰하는 여성 파티가 추천해서 왔건만 실패였나, 역시 고아들이 어설프게 만든 가정식 요리에 불과했나 하고.

하지만…….

"맛있어, 너무 맛있다고! 처음 먹어봐, 이런 거! 술! 이런 걸 어떻게 술 없이 먹냔 말이야! 어이, 거기 꼬마, 에일 사 와라! 거스름돈은 팁이다!"

이어지는 남자의 말에 자리에서 벌떡 일어나 직접 술을 사러 가는 사람, 근처에 있던 아이들을 부르는 사람 등 술집 지점(마일이 만든 작은 카운터가 딸린 집)에도 대기 줄이 생기기 시작했다.

술집 지점도 튀김집과 같은 형태이긴 했으나 아궁이는 핫 에일, 핫 와인용으로 하나뿐이었다.

종업원은 남자 한 명이 전부여서 서빙도 나무 컵을 씻는 일도 전부 보육원 아이들이 도맡았다.

인건비가 몹시 저렴한 대량의 노동력이란 정말로 엄청난 것이었다.

튀김집.

마일은 처음에는 그냥 노점 같은 것을 생각했었다.

노동력 절감(부담 경감), 손님의 회전율, 기타 여러 가지를 고려했을 때 그게 적합하다고 생각한 것이다.

그런데 레나 일행의 의견 그리고 샘플 시식회 결과…….

"그냥 창구를 통해 팔기만 하면 정보 수집을 못 하는 거 아니야?"

"인건비야 어차피 무료고 애들은 서른 명이 넘도록 있잖아요? 평범하게 테이블 자리가 있는 가게가 돈이 더 되지 않겠어요? 교대로 일하거나 영업시간을 줄이면 애들이 받을 부담도 적을 텐데? 심야 영업은 시내 술집에 맡기고 우리는 점심때부터 저녁때까지만 영업하면……."

"이거, 굉장히 맛있지만 식으니까 맛이 떨어지네……."

"되도록 뜨거울 때 바로 먹게 하고 부족하면 추가로 사게 하는 편이……."

"100% 술을 찾을 거야, 이거……."

등등 다양한 의견이 나와서, 노점이나 판매 스탠드 형식은 그만두고 푸드 코트를 만들기로 했다.

……가게 숫자는 튀김집과 술집 지점까지 오로지 두 개뿐이었

지만.

아무래도 노림수가 적중했는지, 노점에서 튀김만 몇 개 사는 것보다 손님 단가가 훨씬 높았고 심지어 테이블 자리가 다 차면 그 근처 아무 데나 앉아서 먹는, 손님 수용 능력 무한대라는 신기한 형태가 되었다.

덧붙여서 술집은 임대료를 냈다. 그리고 물론 서빙과 설거지를 맡은 아이들의 급료까지…….

당연하다. 자선사업이 아니니까.

아니, 보육원 자체는 『자선사업』일지도 모르지만 그건 그거고 이건 이거다.

마일은 튀김 조리에 대해 여러 가지 지혜를 짜냈다.

이런 부분에는 깐깐한 면이 있는 것이다.

우선 기름 선정.

처음에는 식물유를 생각했었다. 유채, 팜열매, 옥수수 줄기, 깨, 올리브, 홍화씨, 기타 등등에서 짤 수 있는 것을…….

마일이라면 그 괴력으로 한계에 다다를 때까지 기름을 짤 수 있어서 효율적이다.

그런데 식물유를 짜려면 그 식물이 필요하다.

……당연히.

하지만 이 부근에는 기름 만드는 식물을 대규모로 재배하는 곳이 없다.

그래서 사려고 하면 꽤 비싸고 자연에서 채취하려고 해도 양이 얼마 되지 않는다.

그때 마일이 떠올린 것은 『일류 돈까스 가게는 라드(lard)를 사용한다』는 인터넷 정보였다.

덴푸라에 라드를 사용하면 식었을 때 기름이 굳어서 맛이 없다. 하지만 프라이에는 라드가 어울린다!*

그리고 무엇보다도 라드의 원료는 돼지 지방이고, ……오크는 돼지랑 비슷하다.

이렇게 해서 기름이 결정되었다. 덴푸라가 메뉴에서 사라짐과 동시에.

다음으로 튀기는 방법인데, 마일은 소량의 튀김을 만들 때는 냄비에 2cm 정도만 기름을 부어서 조리했다. 사실은 3cm 정도로 붓는 게 좋지만, 그런 부분에 있어서는 절약 정신이 투철한 마일이었다.

기름이 적은데 많은 재료를 한 번에 넣으면 기름 온도가 내려가 제대로 튀길 수 없지만, 그 부분은 실력으로 커버하면 된다.

원래 튀김을 할 때는 일본의 튀김 냄비처럼 기름을 펑펑 쓰지 않는다. 기름은 비싸고 귀했으니까.

애당초 프라이용인 프라이팬도 폭이 얕고 넓다.

……그런 것이었다.

그런데 기술이 없는 아이들에게 만들게 하면 투입하는 재료의 양과 종류에 따라 기름 온도가 달라지는 것을 피할 수 없다.

그럼 어떻게 해야 좋은가 하면…… 커다란 냄비나 솥에 기름을

---

*빵가루를 묻혀 튀기면 프라이, 밀가루를 묻혀 튀기면 덴푸라다.

듬뿍 붓는 것이다.

라드로 튀기기에 적합한 것은 돈가스, 크로켓, 치킨가스, 멘치카츠, 쿠시카츠, 비프커틀릿, 알 작은 감자 등이다.

하지만 크로켓과 멘치카츠는 튀기는 것은 둘째치고 밑 작업부터 손이 많이 가니 패스.

비프커틀릿은 재료비가 많이 드니 패스.

하나만 비싸게 팔기도 좀 그렇고, 못 팔아 폐기하게 되면 예산 타격이 크기 때문이다.

얼마간 영업하며 『오늘의 스페셜』 등으로 시험 삼아 내보고 비싸도 팔린다면 그때 재고할 계획이었다.

한 가게에서 시험한 결과를 모든 가게에 피드백 가능한 것이 체인점의 장점이다.

그리하여 마일은 오늘 종일 조리장에 틀어박혀 있었다.

홀은 다른 어른들이 살피게 하고 자신은 조리 현장을 감독했다.

조리도 접객도 며칠간 완벽하게 교육했다. 이제는 실전에서 훈련 성과가 나오는지에 달렸다.

도장 검술과 마찬가지로 연습 때는 잘했는데 실전에서 영 힘을 못 쓰는 것은 어느 업계에서나 흔히 있는 일이다.

하지만 마일은 고아들의 신체적, 정신적 강인함을 신뢰했다.

그래서 웬만한 일이 아닌 이상에는 참견할 생각이 없었다.

……물론 위험할 때는 바로 막겠지만.

'그래그래, 문제없이 할 수 있을 거야. 이렇게 하면 지켜보지 않아도 괜찮겠어. 오크를 몇 마리 주면 내가 도시를 떠나도 문제없을 거고. ……뭐, 당분간은 상황을 더 지켜보겠지만…….'

* *

며칠 후 보육원이 헌터 길드로부터 오크 고기를 직접 사들일 수 있도록 이야기를 마무리 짓고 식재료를 사들일 자금을 충분히 벌었음을 확인한 마일은 동료들과 『수행 여행』을 떠났다. 매달리는 레니를 뿌리치고…….

출발 전에 혹시 몰라 길드 마스터에게 『헌터가 보육원에 민폐 끼치지 않게 잘 지켜봐주라』고 부탁했다가 『너희와 관련된 곳인데 건들 멍청이가 있겠냐!』 하고 비웃음만 샀다.

뭐, 말은 그렇게 해도 잘 봐주리라는 것을 알았다.

알고 지낸 지도 오래되었으니까…….

제115장 　침략 개시

　"여러분, 감사했습니다!"

　티루스 왕국 왕도로 돌아와, 늘 묵는 레니의 여인숙에서 저녁을 먹고 있는『붉은 맹세』일행.

　이번에는 큰마음 먹고 호화롭게 식사 중인 것 같았다.

　"이제 이 나라와 주변국 왕도 보육원에 새로운 수입원……이 아니라 정보망을 형성하게 되었습니다!"

　마일의 말에 미동도 하지 않는 레나 일행.

　마일의 보육원 원조 계획이『정보 수집을 위해서』라는 것은 형식적일 뿐 (그 역할이 전혀 없는 것은 아니니까 거짓말은 아니지만) 보육원 지원이 진짜 목적이라는 것은 다들 처음부터 꿰뚫어 보고 있었다.

　그동안 운영이 어려운 보육원에 마일이 많은 지원을 해주었다.

　그래서 보육원의 식생활이 몹시 향상되었지만, 만약 앞으로 마일이 일에 실패하면(사라지면)…….

　그날이 언제 올지는 아무도 모른다.

　일반 마물을 상대할 때는 천하무적이라도 상대가 인간이면 자기도 모르게 방심할 수도 있고 전력 차이가 압도적이거나 허를 찔릴 수도 있다. 고룡도 어린 용이 인간의 손에 죽은 사례가 있지 않은가. 수천이라는 병력과 수많은 발리스타(대형 노포)에…….

그리고 정체를 알 수 없는 (이차원 세계) 적도 있고…….

만일의 상황에 대비한 마일의 선행 조치.

그 정도도 모를 동료들이 아니었다.

"뭐, 모든 도시의 보육원을 다 하는 건 불가능했지만, 각 나라 왕도의 보육원만이라도 어떻게든 된다면 그걸 본 다른 도시 보육원에서도 비슷한 것을 생각하게 될지 모르니까요……. 일단 제가 손댄 보육원은 다른 보육원이 상담하러 오면 튀김집에 관한 노하우를 가르쳐주라고 말해뒀고……."

보육원은 영리단체가 아니다. 그래서 다른 보육원은 라이벌 기업이 아니라 『아이들을 위해 노력하는 동지』로서 서로 도울 것이 분명했다.

그렇게 믿는 마일이었다.

"이제부터는 지금까지 그래왔듯 평범한 C등급 헌터로 열심히 활동해서, 레나 씨와 메비스 씨의 목표인 A등급을 노리기만 하면 되네요."

마일은 자신이 모든 나라를 다 돌아봐야 그다지 의미가 없다는 것을 자각하고 있었다.

하긴 열려 있는 시간이 짧은 차원의 균열을 우연히 맞닥뜨릴 확률은 한없이 낮고 고룡의 목적도 이제 알았다. 그리고 선사 문명 유적도 골렘과 스캐빈저 이외에는 하나도 남아 있지 않은 것 같다는 사실까지…….

그래서 이세계에서 온 소규모 정찰 같은 존재가 있다는 건 알지만 지금은 아직 소강상태를 유지하고 있고 자신들이 어떻게 해결할 수 있는 상황도 아니라고 판단하고 있었다.

　그리고 레나 일행은…….

　'마일은 저렇게 말하지만『그 녀석들』이 조만간 습격해 올 가능성은 상당히 커……, 아니, 거의 확실해…….'

　'올 거예요, 녀석들이…….'

　'습격에 대비해야…….'

　"'반드시 올 거야! 그 녀석들,『원더 쓰리』가 마일을 노리고!'"

　상당한 위기감을 느끼는 듯했다…….

＊　　＊

『붉은 맹세』가 보육원 원조 여행을 마친 뒤로 몇 개월이 지났다.

　그동안 마일은 5일이 넘는 장기 휴가 동안 각지의 보육원 상황을 살피고 지도와 문제점 개선에 힘썼기 때문에, 이제 보육원은 마일의 도움이 없어도 아이들이 배불리 먹을 수 있을 만큼 충분한 수입을 거두게 되었다.

　마일 혼자라면 케이버라이트(중력 차단 마법)로『수평 방향으로 낙하하는』거친 기술을 써서 단시간 이동이 가능하므로, 각지의 보육원을 지원할 수 있었다.

　마일이 직접 관여하지 않은 다른 보육원도 튀김집이나 그 밖에『인건비와 임대료가 무료』라는 이점을 최대한으로 살릴 수 있는 업종…… 요컨대 손 많이 가고 인건비가 비싼 것을 골라 조금씩 수익을 올렸다.

'이제 나한테 무슨 일이 생겨도 이 근방의 보육원은 괜찮을 거야. 이렇게 해서 내가 이 세계로 전생한 의미는 충분히 있었다고 할 수 있겠지. 내가 죽어서 또 그『유사 신(오버로드)』을 만난대도 당당하게 보고할 수 있어…… 이제부터는 후회 없는 인생을 살아보자. 나를 위한 인생을. 그리고 이 세계에서 신나게 노는 거야!'

그런 생각을 하는 마일이었다…….

＊　＊

"『붉은 맹세』의 마일 님 앞으로 온 우편물이 있어요."

여느 때와 다름없이, 숙소에 있는 마일 일행에게 헌터 길드에서의 정기편이 도착했다.

전달하러 온 사람은 용돈을 벌기 위해 늘 길드를 기웃거리는 아이 중 하나였다.

소은화 세 닢을 주는 왕도 내 우편물 배달은 그들에게 무척 구미 당기는 일이었다. 특히 길드에서 그리 멀지 않은 곳으로의 배달은…….

우편물은 마일이 사업 시작 지원의 대가로 각지 보육원에 의뢰했던, 도시 정보의 정기 보고였다.

이 보고 의뢰와 보고서 배송비를 보육원 측에서 부담하는 것이 그 사업과 관련해 마일이 받는 몫이었다.

"으음, 마레인 왕국에서 왔네……. 낮은 등급 헌터를 고용하거나 빠른 말을 이용한 특별편이 아니라 일반 길드편으로 보냈다는 건 그렇게 중요한 보고가 아니라는 뜻이겠지⋯⋯."

마일은 그렇게 말하며 편지 봉투를 뜯었다.

"어디 보자, 『신종 마물이 늘어나 군과 헌터 길드에 용병 길드에서도 소탕하느라 분주. 숲속 위험도가 높아져 신입 헌터는 주춤하고 있지만, 일반 서민의 생활에는 지장 없음. 신종의 고기는 지방이 적어 단맛은 부족하나 식감이 좋고 감칠맛이 뛰어남. 힘줄 부위가 특히 훌륭하며 연골 부분의 꼬들꼬들한 식감은 몹시⋯⋯』, 아니 나머지는 전부 신종 마물의 요리 비평이냐고요! ⋯⋯그나저나 신종이 시장에 출하되기 시작했다니, 이래도 괜찮을지⋯⋯. 다른 나라에서 들어온 보고도 비슷한 느낌인데요⋯⋯."

"저번에 트리스트 왕국의 보육원에서 보낸 보고서에는 신종 오크 찜에 대해 적혀 있었지."

"『찜』말한 거 아니거든요!"*

폴린이 엉뚱하게 끼어들자 욱하는 마일.

각지의 보육원에서 보내는 보고는 마일에게 중요하기 때문에 그와 관련된 헛소리에는 관용을 베풀지 않는 마일이었다⋯⋯.

"그런데 어딘가에서 갑자기 큰 사건이 일어났으면 모를까, 각지에서 조금씩 위협도가 올라가는 건 어쩔 도리가 없잖아? 큰 사건이 벌어졌다고 해도 어쩔 도리 없는 건 마찬가지지만⋯⋯."

메비스의 말대로『붉은 맹세』는 아무리 잘 나가는 명물 파티라지만 그래봐야 C등급 소녀 4인조 파티에 지나지 않는다. 그런 그

---

*일본어로 '비슷하다'와 '찌다, 삶다'는 발음이 같다.

들이 해결할 수 있는 수준이면 고룡 한 마리로도 어떻게든 된다. 혹은 어느 나라의 왕도군이나 영주군으로도 충분히.

게다가 『붉은 맹세』는 일개 파티일 뿐이다. 각지에서 동시다발적으로 일어나는 현상에는 대처할 수 없다.

"각 나라의 대처에 맡기는 수밖에 없지. 뭐, 마일이 정보망 운운했을 때도 말했지만 혼자 발 빠르게 정보를 입수한다고 해도 아무런 의미가 없는 거야."

"……쇼본 스프레이……."*

메비스의 지적에 레나의 굳히기까지 이어지자 어깨를 털썩 떨구는 마일.

그리고 역시 전생의 자신과 조금 비슷한 고민을 가진 듯한 캐릭터에 애착이 있었을까…….

* *

【마일 님, 약속 없이 온 손님이 있습니다만, 어떻게 할까요?】

"앗?"

"음? 왜 그래?"

"아, 아니, 아무것도 아니에요! 에헤헤……."

자기도 모르게 소리가 나와 허둥지둥 얼버무리는 마일.

'뭐, 뭐라고? 왜 나노가 손님맞이를 하는데? 그건 레니가 하는 일 아닌가!'

---

*'쇼본'은 '풀이 죽었다'라는 뜻으로, 『세일러문』의 등장인물 머큐리의 필살기 샤본 스프레이에서 따온 말장난이다.

머릿속으로 지극히 당연한 주장을 하는 마일이었는데…….

【네, 일반 손님…… 인간종이라든지 마족이라든지 수인이라든지……이라면 그렇겠지만, 방문자가 다소 특이해서 저희에게 중개를 요청하신지라…….】

'아~, 뭔가 정상이 아닌 녀석인가……. 그럼 나 혼자 만나는 편이 좋겠지?'

【…….】

'뭐야, 그 침묵은!'

【아니요, 지난번 일을 생각하면 다른 분들도 같이 계시는 편이 나을까 싶어서…….】

'허어어억! 하지만 상대는 인간이 아니라며?! 심지어 마족도 수인도 아닌 녀석! 그런데 다 같이 만나도 괜찮은 거야? 주로 내 비밀이라는 부분에서…….'

【…….】

'나더러 결정하라는 건가……. 하지만 나노가 굳이 그렇게 말한다는 건 그걸 『권장』한다는 뜻이겠지…….'

마일은 몇 초 고민한 끝에…….

'방으로 불러줘.'

【네!】

"여러분, 손님이 있다는데 여기로 오시라고 할게요."

"그런 소식을 언제 들었어? 그리고 누군데?!"

당연한 의문을 표시하는 레나였는데…….

"글쎄요? 저도 만나봐야…….."

"그렇게 수상한 녀석을 여자애들만 있는 방에 부르지 말라고 오오!"

화나서 소리치는 레나.

"뭐, 마일이니까."

"마일짱이니까요…….."

그리고 평소와 다름없는 메비스와 폴린.

"……알았어. 빨리 오라고 해."

포기했다는 듯 레나가 그렇게 말함과 동시에, 열린 창문으로 작은 새 한 마리가 날아 들어왔다.

그리고 테이블 위에 앉았다.

"손님이라더니 새였냐아아아아!"

레나, 아까부터 소리를 질러대고 있다. 이대로 가다간 레니가 잔뜩 화나 쳐들어올 것이다. 다른 손님에게 피해 주지 말라며…….

마일은 허둥지둥 방음 결계를 쳤다.

그리고 작은 새를 유심히 살피자…….

'……접합부가 튀어나왔네. 이건 리벳인가? 금속광택이 그대로 나오고 모가 난 디자인. 로봇이라는 사실을 숨길 생각이 전혀 없다는 거네……. 아니 꼭 작은 새 모양 서포트 로봇 치카*…….'

"어라? 이 새, 좀 이상하지 않아? 뭔가 금속 같은…….."

메비스가 그렇게 말하고 있는데, 작은 새가 시선을 45도 각도로 올리자 두 눈에서 빛이 나왔다.

---

*특촬물 「광속 에스퍼」에 나오는 새형 로봇 치카.

173

그 빛이 공중에 영상을 투영했고 그 영상이 까딱 머리를 숙였다.

『안녕하십니까······.』

"""으아아악, 말했다아아아~~!"""

"스와니냐고요!* 그리고 영상도 본체랑 똑같은 모습일 거면 굳이 영상을 쏠 필요가 있나요! 그냥 본체가 말하면 되지!"

마일, 무슨 영문인지 격노했다······.

"뭐, 뭐뭐뭐, 뭐야, 저게!"

"아, 아아아, 악마의 심복 아니면 신의 사자인가······."

"자, 자자자, 잡아서 팔면 좋은 값에······."

하나, 뭔가 조금 이상한 말이 섞였다.

ㄱ 소리는 한 귀로 흘리고······.

"단순한 장치, 골렘의 일종이에요. 스캐빈저 같은 비전투용······. 그리고 영상은 현혹 마법이에요."

마일이 그렇게 설명하자 곧 안정을 되찾는 레나 일행.

만들어진 것이라고 설명하면 골렘과 스캐빈저 그리고 메비스의 왼팔을 이미 알고 있는 레나 일행은『뭐야, 그런 계열이었어?』하면서 받아들이는 것이다.

영상 역시 마법이라고 하면 평소 마일의 불가시 마법이라든지 변장 마법 등 광학계 마법을 자주 본 레나 일행으로서는 그리 특별하게 생각하지 않았다.

그리고 새가 말하는 것 정도는 괴물도가 높은 수인이나 고룡이

---

*만화『신조인간 캐산』에 나오는 백조형 로봇.

말하는 것을 떠올렸을 때 전혀 놀라운 일이 아니다.

"그래, 방문 목적이 뭐죠? 그리고 이차원 세계에서 이 세계로, 그것도 당신들을 만든 지적 생명체가 아니라 마물을 데리고 오는 이유는……."

나노머신이 중개를 맡은 것이다. 마일 일행에게 위해를 가할 생각이 없음은 틀림없으리라. 그래서 경계는 해도 크게 걱정하지는 않는 마일이었다.

모처럼 이차원에서 온 침략자가 먼저 접촉해온 것이다. 이 기회를 놓칠 수 없다며 의지를 불태우는 마일이었는데…….

【아, 이 새는 이 행성의 세력인데요? 저기, 예전에 만난 적 있던 스캐빈저와 관련 있어요. 안 그러면 마일 님과 저희 나노머신의 존재를 알 리 없잖습니까? 저희를 아는 것은 예전에 접촉해 데이터 통신으로 정보 교환을 했던 스캐빈저들과 그 자원 절약 타입 자율형 간이 방위 기구 관리 시스템 보조 장치, 제3 백업 시스템뿐입니다.】

'그쪽이었냐~~!'

생각해 보면 이차원 세력이 마일을 알거나 찾아내서 직접 접촉을 꾀할 수 있을 리 없다.

『'슬로 워커'가 관리자를 만나고 싶다고…….』

"앗? 슬로 워커(천천히 걷는 자)? 여기까지 와서 새 캐릭터 등장인가요!"

마일의 지적에 아무런 반응도 보이지 않는 기계 새.

"그리고 저를 『관리자』라고 부른다는 것은 역시 그런가요, 그 슬로 워커 씨도 제 관리 아래에 있는 분이신가요……."

슬로 워커라고 부르는 것은 통상적으로 다리가 여섯 개라 빨리 이동하는 스캐빈저가 고장 또는 어떤 이유로 이동 속도가 떨어진 바람에 작업 담당에서 지휘관으로 역할이 바뀌어서일까.

하지만 스캐빈저를 새로 만들 기술과 재료가 있으니 수리하면 그만일 텐데.

어쩌면 전자두뇌의 운동 제어 부위라든지 어디가 고장 나서 억지로 수리하다가 다른 부분에도 영향을 미쳤거나 하는 문제 때문에 더는 손댈 수 없게 됐는지도 모른다.

마일은 그런 생각을 했지만, 자기 마음대로 상상해봐야 아무 소용없다.

"뭔가 제가 지시해야 하는 문제라도 발생했나요? 아니면 단순히 정기 보고를 하고 싶어서, 혹은 기지의 수리 상황과 다른 장소의 상황을 알려주고 싶어서?"

『'슬로 워커'가 관리자를 만나고 싶다고…….』

"아, 스캐빈저처럼 고도의 사고 능력을 갖춘 게 아니라 단순 메신저였나요……."

기계 새가 같은 말만 반복하자, 간단한 응답밖에 못 하는 것 같다고 판단한 마일.

"만나러 온 거예요? 아니면 제가 갈 필요가?"

『안내하겠다.』

"아~, 며칠만 기다려 주실래요?"

『기다리겠다.』

무선 같은 종류로, 멀리 있는 자가 대답하는 것처럼은 보이지 않았다.

아무래도 조금은 응답할 수 있지만, 분명 예상 답변을 입력한 질문이 나오면 자동으로 하는 응답에 지나지 않으리라.

사고판단 능력이 스캐빈저처럼 고성능이 아닌 이유는 몸집이 작은 데다가 비행 기능에 중점을 두면서 전자두뇌의 비중을 줄여야 했기 때문일까…….

기계 새는 자신의 역할이 일단 끝났다고 판단했는지 테이블에서 날아올라 옷장 위에 내려앉았다.

테이블 위에 계속 앉아 있으면 방해되는 만큼 그런 배려가 고맙게 느껴지는 마일이었는데…….

"보고하러 안 돌아가요?! 우리가 따라갈 때까지 계속 거기 앉아 있을 셈인가요!"

아무래도 『마일을 데리고 돌아가는 것』이 임무로, 자기만 돌아가는 것은 임무에서 벗어난 행동인 듯했다.

유구한 시간을 보내는 기계 지성체에게 며칠은 대수롭지 않은 시간이고 오차 범위 내에 있는 것일까…….

"뭐, 그런 명령을 받았다면 어쩔 수 없네요. 로봇이니까……."

피조물의 행동에 관해서는 비교적 이해심이 넓은 마일이었다.

"……그럼 설명을 들어볼까."

그리고 당연히 기계 새와의 대화가 끝나기만을 기다렸던 레나 일행의 설명 요구가 기다리고 있었다…….

*   *

"……그러니까 선사 문명의 잔재인 그때의 스캐빈저와 동료들이 선사 문명인의 자손인 너한테 명령권을 넘겼다는 거야?"

"네……. 뭐, 사실 이 세계의 인간종은 다 선사 문명인의 자손이지만요……. 지적 생명체가 갑자기 튀어나온 게 아니라 다들 옛 선조의 자손인 건 당연하겠죠. 그냥 제가 제일 처음에 말을 걸었고, 또 저는 격세 유전이랄까 선조의 피를 좀 많이 이어받았는지……."

"""아아!"""

격세 유전이라는 부분에는 다들 납득했는지 고개를 끄덕였다.

엘프와 드워프에게서 항상 동족 냄새 (정말로 냄새가 난다는 게 아니라 왠지 동족 같은 느낌이 든다는 뜻) 이야기를 들었던 이유가 왠지 알 것 같았기 때문이다.

게다가 옛 위대한 종족의 피를 많이 이어받았다면 마일의 그 말도 안 되는 위력의 마법이 다 설명된다.

그렇다, 인간은 남에게 배우고 설명을 듣는 것보다도 자기가 혼자 힘으로 깨달았을 때 그것이 더 진실에 가깝다고 여기게 되는 법이다. 설령 그것이 그렇게 생각하도록 유도된 경우라 할지라도…….

"그래서 자신을 보호해야 할 때는 어쩔 수 없지만, 여유가 있다면 최대한 인간종과 다른 지적 생명체에 위해를 끼치지 말아 달라고 부탁하고 힘내세요, 하고 격려하고……. 구체적인 건 하나도 모르는 제가 괜히 간섭했다는 혼란의 씨앗만 될 것 같아서 그들의 자주 판단에 맡겼지요."

"군림하되 통치하지 않는다는 건가……."

메비스의 적절한 해석에 고개를 끄덕이는 마일.

"그럼 일단 가보는 수밖에."

"네……."

"그렇게 미안해 죽겠다는 표정 짓지 말라고!"

"그래. 그 지하 유적에 들어간 건 수행 여행의 일환이었고, 마일짱의 판단은 적절했어. 스캐빈저와 골렘한테도, 거기 있었던 고아들한테도 말이야……."

"맞아. 그리고 마일의 행동은 곧 우리『붉은 맹세』의 행동이야. 그 이익도 불이익도 모두 함께 나누고 서로를 받쳐줘야 해. 그것이 바로……."

"""우리, 영혼으로 이어진 네 동료! 그 이름하여……,『붉은 맹세』!"""

* *

"그래서 자유 의뢰를 받아 아르반 제국에 다녀오려고 합니다."

"헉……."

생글거리며 알리는 메비스 그리고 굳어버린 접수원.

"따라서 국외로 나가게 됩니다만 어디까지나 의뢰를 받아 가는 것이기에, 길드를 통하지 않은 자유 의뢰이기는 하나 양성 학교 경비 변제 의무 면제를 위한 국내 활동 의무 기간 일수 경과 카운트는 중단시키지 않고 그대로 둘 것을 부탁드리고자……."

"허어어어억!"

그렇다, 그 이후로 마일이 기계 새에게 이것저것 질문해서 목적지가 아르반 제국임을 확인했던 것이다.

과연, 마일 일행은 목적지가 어디인지 힌트도 없이 멀리 떠날 만큼 모험가들은 아니었다.

언뜻 뻔뻔한 요구처럼 보여도 거점을 국외로 옮긴 것도 아니고 국내에서 받은 의뢰로 떠나는 것이다. 아무리 길드를 통하지 않은 의뢰라지만 일일이 국내 활동 기간에서 뺄 만큼 길드도 편협하지는 않을 터였다.

길드를 끼지 않고 의뢰자와 헌터가 직접 계약하는 자유 의뢰는 수수료 측면에서는 길드에 직접적인 이익이 없지만, 곤란을 겪고 있는 사람을 돕는 일이며 헌터가 생활비를 벌고 경험을 쌓고 헌터라는 직종에 대한 신뢰 향상에 도움이 되며 나아가 헌터가 번 돈을 쓰면 도시 경제도 조금이나마 윤택해진다.

……게다가 헌터는 대부분 길드 병설 술집에서 먹고 마시며 돈을 썼다.

그래서 마일 일행은 그렇게까지 뻔뻔한 요구라고 생각하지 않았는데…….

"길드 마스터께 말씀드리고 오겠습니다. 잠시만 기다려 주세요!"

"""""으헤에에엑~…….""""""

왠지 일이 조금 성가셔질 것 같다.

*　　*

"왜 이런 시기에 또 제국에 가냔 말이다!"

다짜고짜 혼났다.

"아니, 지명 의뢰가 들어와서요……. 자유 의뢰인데요……."

그렇다. 자유 의뢰는 의뢰주가 직접 헌터에게 하는 것이므로 그것은 당연히 전부『지명 의뢰』가 되는 셈이었다.

물론 이번에는『익명 희망자의 의뢰. 의뢰 내용은 비밀』인 것으로 해두었다.

결코 거짓말은 아니다. 딱히 의뢰는 탄소 생명체한테만 받을 수 있다는 규칙이 있는 것도 아니니까.

"제국은 적대국이다. 언제 또 브란델 왕국이나 바노라크 왕국, 그리고 우리나라를 침략할지 모른다고! 그런데 이런 시기에 제국에 가겠다니……. 저번에는 왕국의 특별 의뢰였지, 이번처럼 개인적인 자유 의뢰와는 이야기가 다르다고!"

((((뭐래?))))

길드 마스터의 말에 어이없어하는 메비스와 멤버들.

"그래서 뭐요?"

"뭐?"

이 말을 늘 신랄한 말투인 레나 또는 생글거리면서 종종 강렬한 독설을 토하거나 말꼬리를 잘 잡고 늘어지는 폴린이 했으면 길드 마스터도 이 정도로 놀라지는 않았을지도 모른다.

……그런데 그 말은 메비스의 입에서 튀어나왔다.

늘 온화하고 예의 바르고 상냥하고 배려심 깊은 메비스의 입에서…….

"헌터는 자기 의지로 용병으로 참가하지 않는 한 전쟁과는 무관하다. 헌터 길드는 늘 중립을 유지하며 전쟁에는 관여도 개입도 하지 않는다. ……그렇지요?"

"아, 어어……."

메비스의 말에 긍정할 수밖에 없는 길드 마스터.

그것은 길드 헌장 제일 첫 페이지에 나와 있다. 이를 부정하는 것은 곧 헌터 길드 자체를 부정하는 일로, 길드 마스터가 그게 가능할 리는 없었다.

"그럼 이곳 티루스 왕국과 아르반 제국의 관계가 험악하든 전쟁을 시작하든, 헌터로서 저희의 일과 무슨 상관이? 게다가 이 나라의 상인은 제국과 계속 거래하고 있고 국경을 넘나드는 일을 수주하는 헌터도 있지 않습니까? 왜 저희의 제국 행에만 난색을 보이시는 거죠? 무슨 다른 꿍꿍이랄까 의도가 있는 겁니까?"

"윽……."

역시 파티 리더였다. 평소에는 착하고 상대방의 요구에 따르려고 노력하는 메비스지만, 레나와 폴린이 나서지 않아도 윗사람인 길드 마스터에게 파티의 의지를 똑똑히 밝혔다.

그리하여 길드 마스터는 형세가 불리해졌다.

성실하고, 바보가 아닌 헌터에게 이런 말을 들었으니 어물쩍 넘길 길이 없었다.

"아르반 제국에 가는 의뢰는 거절하라는 지시가 모든 헌터에게 내려진 것입니까? 정보 보드에는 그런 내용이 없었습니다만?"

"설마 우리에게만 그렇게 지시하는 건 아니겠지? 다른 헌터한 테 확인해볼까?"

물에 빠진 개는 두들겨 패라.

이 나라에도 그와 비슷한 관용구가 있었다.

그리고 물론 폴린과 레나는 메비스의 공격을 받고 물에 빠진 길 드 마스터를 마구 팼다.

"으으윽……. 아니, 그냥 어린 여자애들인 너희가 걱정돼서 해 본 말일 뿐이야. 딱히 지시도 명령도 아니야. 오해했다면 미안하 다……."

아마도 어떤 의도는 있었겠지만, 악의는 없었던 듯하다. 의외 로 정말 걱정되어 그랬을 뿐인지도 모른다. 순순히 사과하고 아 르반 제국행을 방해하지 않으면 마일 일행으로서는 아무런 문제 도 없었다.

그래서 사과를 받아들이고, 입장상 우위에 선 이 상황을 놓치 지 않고 양성 학교의 수업료 등의 변제 의무 면제를 위한 국내 거 주 기간 카운트를 중지하지 않겠다고 확실히 다짐받은 후 길드 마스터가 직접 글로 증거를 남기게 했다.

그 부분을 중요시하는 폴린은 절대 그냥 넘어가지 않았다.

＊　＊

길드 지부에서 숙소로 돌아오는 길…….

"이렇게 해서 각부를 다 돌며 인사를 마쳤네요. 보육원에는 얼리지 않은 오크 두 마리랑 마법으로 얼린 오크 세 마리를 주고 왔으니 괜찮을 거고. 다른 나라의 보육원을 도는 여행…… 일단은 『수행 여행』이라는 명목이었지만 그동안에는 길드와 정육점에서 사들여 자기들끼리 해왔었고, 그때 나온 문제점을 개선했으니까 걱정 안 해도 될 거예요. 게다가 파격 서비스로 오크를 다섯 마리나 두고 왔잖아요……."

보육원을 돌 때 마일이 종종 혼자 『케이버라이트를 써서 수평 방향으로 낙하하는』 이동 방법으로, 이곳을 포함해 지도가 끝난 각지의 보육원을 순회했기 때문에, 그렇게 장기간 눈을 뗀 것은 아니지만…….

"넌 그런 면에는 머리가 잘 돌아가고 참 잘 챙긴다니까……."

레나가 그렇게 말했지만, 그러는 자신도 고아들을 여러 가지로 신경 쓰고 지원하고 있었다.

폴린은 고아들에게 간단한 요리와 바느질 방법을 알려주고 다친 곳을 마법으로 치료해주었으며, 메비스는 검술의 기초를 가르쳐 주었다.

마일 일행이 숙소로 돌아오자…….

"아, 언니들, 편지가 왔어요. 아까 말을 탄 헌터가 가지고 오셨죠. 언제 돌아올지 모르겠다고 했더니 제 사인이라도 괜찮다면서 받아 갔어요."

레니는 여인숙과 식당을 이용하는 헌터들 사이에 꽤 유명했고 야무진 면과 성실함에는 정평이 나 있었다. ……금전적인 부분에서는 다소 까다롭게 굴지만, 그것도 다 여인숙을 위한 행동이며 악랄한 짓은 절대 하지 않는다는 것도 물론 알려져 있었다.

또 목욕탕 급수 등으로 고아들에게 일거리를 주기 때문에 보육원 아이들과 부랑아들 사이에서도 유명인이었다.

그래서 다른 도시에서 길드 지부로 온 편지를 배달하는 사람들은 레니에게 숙박객 앞으로 온 편지나 소포를 맡기는 것에 아무런 걱정도 하지 않았다.

"고, 고마워요."

『붉은 맹세』의 이름으로 숙소에 배달된 것은 각지의 보육원에서 온 보고서였다.

마일이 발신인의 이름을 확인하자 역시 예상했던 대로 오브람 왕국 부육원이었다.

"앗? 오브람 왕국 왕도의 보육원이라면 얼마 전에 정기 보고가 들어오지 않았었나……."

고개를 살짝 갸우뚱하면서도 모두와 함께 방에 들어가는 마일.

이런 데 서서 봉투를 뜯어 읽는 부주의한 행동은 하지 않는다.

그렇게 방에 들어와 침대에 걸터앉아 천천히 봉투를 뜯은 다음, 편지랄까 보고서랄까 여하튼 내용을 읽는 마일이었는데…….

"헉, 오브람 왕국에 마물 폭주(스탬피드) 징조가? ……그러고 보니 아까 레니가 『말을 탄 헌터가 전하러 왔다』고 했었죠. 그거, 길드편 마차로 길드 지부에 온 것을 고아나 돈 없는 신입 헌터가 배달하는 값싼 배송이 아니라, 말을 가진 헌터에게 의뢰한 엄청 돈 많이 드는 국외 긴급편? ……위험한 내용인 건가요!"

편지의 첫 줄만 읽고 마일이 안색을 바꾸며 소리쳤다.

그리고 레나 일행도 마일의 좌우뒤에서 편지를 들여다보았다.

운송비를 자기들이 부담해야 하는데도 돈에 예민한 보육원 측에서 어마어마하게 비싼 긴급편을 이용했다.

그것은 폴린이 돈을 기부하는 것, TV도쿄가 방송 편성을 변경해 속보를 보도하는 것*과 같은 수준, 요컨대 세계 멸망급 이상 사태였다.

아마도『지금이야말로 '붉은 맹세'가 국경을 초월해 각지의 보육원을 지원해준 은혜를 갚을 때다』라고 생각해서겠지.

마일 일행은 편지를 계속 읽어 내려 나갔다…….

"신종 마물이 갑자기 대량 발생. 생태계의 균형이 무너지고 마물이 서식지를 벗어나 인간 주거 구역에 대량 유입. 국군과 영주군, 헌터 길드와 용병 길드에 긴급 명령이 내려졌다고……. 웬만하면 하지 않는다는 길드 긴급 소집이네요. C등급 이상은 강제 소집되는……."

마일의 말에 입을 꾹 다문 레나 일행.

긴급 소집은 10년에 한 번, 아니 수십 년에 한 번 있을까 말까 하는 제도로 절대 남발하는 일이 아니었다.

그렇다, 마물 폭주라든지 고룡을 상대로 싸워야만 할 때가 아니면…….

---

*속보를 잘 내보지 않는 것으로 유명한 방송국.

"어떻게 하죠⋯⋯."

마일이 그렇게 말했을 때.

"언니, 편지가 왔대요!"

노크도 없이 문이 열리더니 레니가 들어와 알렸다.

본인이 있으면 편지를 받아 수령 사인을 하는 것은 당연히 여인숙 종업원이 아니라 본인이 직접 해야 한다.

"계속 오네요. 하지만 뭐, 길드편 운행 사정상 그럴 수도 있을까요⋯⋯."

그렇게 말하고는, 배달원을 기다리게 하면 미안하다며 서둘러 1층으로 내려가는 마일.

"고생 많으십니다, 저는 수령인인 『붉은 맹세』의⋯⋯."

배달원으로 보이는 사람에게 말하다가 멈춘 마일.

편지 같은 것을 쥐고 있으니 그가 배달원임은 틀림없으리라.

그런데 왜 마일이 굳어버렸을까.

그건 그가 서른 전후로 보이는 헌터였기 때문이다.

헌터가 길드 지부에서 동네 민가나 여인숙에 편지를 배달하는 것 자체는 하나도 이상한 일이 아니다.

보통은 고아나 가난한 평민 아이가 용돈벌이로 하는 일이긴 하지만 헌터가 할 때도 있다.

⋯⋯다만 그건 형편 어려운 신출내기 헌터의 이야기이지, 절대 스무 살 넘는 중견에 이 남성처럼 체격이 다부지고 장비도 제대로 갖춘 어엿한 헌터가 받을 의뢰는 아니다.

……그렇다는 것은 조금 전에 막 받은, 오브람 왕국 보육원에서 온 긴급편과 마찬가지로…….

혼자 말을 타고 달려올 수 있고 마물의 습격에도 대처 가능한 능력을 갖춘, 급한 편지와 서류 운송을 전문으로 하는 고급 인력. 그런 자를 고용한 지명 의뢰.

돈 없는 보육원에서 그 수단을 선택해 보낸 보고서.

그것이 의미하는 것은…….

서둘러 영수증에 사인한 마일은 편지를 받아 2층으로 뛰어 올라갔다.

배송비는 당연히 보육원에서 길드에 예탁했기에 마일이 낼 것은 없었다.

그렇게 모두가 무슨 일인가 싶어 지켜보는 가운데, 마일이 편지 봉투를 뜯고 내용을 읽어내려갔다.

물론 레나 일행이 양옆과 뒤에서 들여다보는 상태로.

"……이, 이건…….”

보낸 곳은 마레인 왕국의 보육원.

내용은 헌터와 상인들에게서 들은 오브람 왕국의 상황과 자기 나라에서도 신종 마물이 증가하고 있다는 소식이었다.

……그리고 문제는 『증가하고 있다』라고 했는데 서서히 늘어나는 것이 아니라 갑자기 폭발적으로 증가하고 있다는 부분이었다.

그렇다, 마치 아무것도 없는 곳에 갑자기 발생(POP)하기라도 한 듯…….

당연히 오브람 왕국과 마찬가지로 국군과 각 영주군, 그리고 헌터 길드와 용병 길드에 긴급 명령과 긴급 소집이 발령되었고, 인접국에도 지원 요청을 했다고…….

하지만 국경을 길게 접하고 있는 오브람 왕국과 마레인 왕국은 서로 지원할 상황이 아니었다. 그래서 두 나라와 인접한 다른 나라, 트리스트 왕국 그리고 이곳 티루스 왕국만 지원군을 보낼 수 있을 터였다.

"……혹시 차원 균열이 정착된 걸까?"

"""앗?"""

마일의 의문이 담긴 중얼거림에 놀라는 레나 일행.

그렇다, 상당 기간 열려 있었던 것으로 보이는 드워프 마을 근처의 차원 균열.

그것 이외에는 열렸어도 금세 닫혔었다.

그런데 또 오랜 시간에 걸쳐서…… 아니, 『쭉 열려 있는』 균열이 생겼다면?

각지에 균열이 짧은 시간 동안 잇따라 생겼던 것이 사실 그 로봇 같은 존재가 『영속적인 게이트를 열기 위한 시행착오 시험』이었다면…….

먼 옛날, 선사 문명을 일으킨 인간들이 이 행성을 버리고 떠난 이유.

그렇게 과학이 발달했다면 다소의 마물 유입 정도쯤 쉽게 대처할 수 있지 않았을까.

아무리 평화로운 세계라 해도 마음만 먹으면 뭔가를 무기로 돌려 쓰는 것쯤은 가능했을 텐데.

칼은 요리할 때만 쓰는 것이 아니다.

우주 공간용 초장거리 레이저 통신 시스템을 레이저포로 개조하는 등 마물에 대항하기 위한 무기 또는 병기쯤은 쉽게 만들 수 있었을 터다.

그런데도 왜 살던 행성을 버리고 고난의 길을 선택했을까.

당장에 이차원에서 쏟아져 들어오는 마물들을 배제해도 또 언젠가 같은 일이 반복된다는 것을 알았기 때문에?

아니면 마물이라도 죽이는 것을 꺼리는 선량한 사람들이었기 때문에?

……여하튼 마물은 왔다.

선사 문명인이 예측했던 대로…….

"……갈 거야?"

당연히 그럴 거라고 생각한 메비스가 마일에게 묻자…….

"으음, 어떻게 할까요…….."

"""엥?"""

당연히 당장 마레인 왕국으로 달려가겠다.

마일이 그렇게 나올 줄 알았던 레나 일행은 놀라서 할 말을 잃었다.

"아니요, 저번처럼『국가나 길드가 위기를 깨닫지 못한』상황이면 저희가 가서 특이종을 잡아 위험을 어필하는 방법이 있지만, 이번에는 국가도 길드도 특이종……저쪽 분들은『신종』이라고 부르시던데, 아무튼 위험성도 폭발적인 증가도 이미 파악하고 있고 국가가 총력을 기울여 대처하고 있으니, 거기에 저희 넷이 더해진다고 해도 별로 큰 도움이 되진 않을 거잖아요? 그럼 차라리 저희는 저희만 할 수 있는 일을 하는 게 낫지 않나 싶어서……."

마일의 말에 레나 일행도 곰곰이 생각하기 시작했다.

"……하긴 아무리 특이종이 강하다고 해도 많은 헌터와 병사가 포위하면 쓰러트릴 수 있지. 딱히 용종 같은 것도 아니니까……. 소인수 파티가 숲에서 예상하지 못한 마물을 맞닥뜨리는 게 위험한 거지 충분히 준비한 자들이 예상했던 마물과 싸운다면 장소와 타이밍을 잘 고르면 못 이길 것도 없고……."

"그렇지. 우리가 의뢰도 받지 않았는데 달려갈 필요는 없을지도……. 아니, 이 나라에 소속된 점을 생각하면 이 나라에 피해가 나는 데 대비하는 게 더 타당할지도 몰라. 국경을 넘어 유입되는 마물을 막는다거나 국내에 출현하는 마물에 대처한다거나……. 그리고 그러다가 두 나라에서 지원 요청을 받은 이 나라 상위층이나 길드에서 의뢰를 낼지도 모르고……."

레나와 메비스도 마일의 의견에 찬성했다.

그렇다. 그 존재를 모르는 자가 숲에서 갑자기 맞닥뜨린다면 일방적으로 당할지도 모른다.

하지만 처음부터 그 존재를 파악해, 충분한 전력을 갖춰 들판에서 기다린다면 뛰어난 무기와 전략을 활용하고 잘 연대하는 병사와 헌터들은 아무리 한 등급 위인 오크나 오거 따위라도 지지 않을 것이다.

……아니, 물론 피해는 속출하겠지. 부상자도, ……그리고 사

망자도.

하지만 그것은 병사로서, 용병으로서, 그리고 헌터로서 일상 풍경에 지나지 않는다.

한 명의 사망자도 나오지 않고 끝나는 전투란 없듯이, 한 명의 사망자도 나오지 않고 끝나는 마물 토벌이란 없다.

그래서 이미 정보를 파악했고 국가적 대처가 이루어지고 있는데 고작 네 명의 헌터가 무리해서 달려갈 필요는 없으며, 그 효과란 전체적으로 봤을 때 없는 것이나 마찬가지다.

그렇다면 『붉은 맹세』가 지금 해야 할 일은······.

"지금 이 타이밍에 굳이 우리와 접촉하려는 새 캐릭터. ······그것도 아마 선사 문명인들이 자손을 위해 남겨둔 방위 기구의 일부. 저희는 그쪽으로 가서 이야기를 들어야 한다고 생각해요!"

끄덕······.

레나 일행은 조용히 고개를 끄덕였다.

"그럼 우선 이 아이의 안내를 받아 그 『슬로 워커』인가 뭔가 하는 것을 만나러 가면 되겠죠?"

"응. 그렇게 하지 않으면 이 작은 새가 화나서 쪼아댈지도 모르니까."

마일이 확인하자, 옷장 위에서 진을 치고 있는 기계 새를 손가락으로 가리키고는 쓴웃음 지으며 대답하는 레나.

"눈알을 판다거나······."

"무서워!"

그리고 폴린의 속삭임에 진심으로 겁먹는 레나.

"그럼 각부에 인사차 돌기, 보육원 지원, 길드 사전 교섭도 다 끝났으니 내일 아침에 바로 출발하는 걸로 정해도 될까요? 숙소 정산을 마치고, 레니랑 얽히지 않게 일반 호위 의뢰를 받은 척하면서 몰래……."

마일의 제안에 고개를 끄덕이는 레나 일행.

레니와 얽히면 길어지니까…….

"그렇게 해도 되겠어?"

"쨱!"

기계 새가 씩씩하게 대답했다.

＊　＊

다음 날, 레니에게 붙잡히지 않고 순조롭게 탈출에 성공한 『붉은 맹세』.

일등으로 조식을 먹고, 여인숙이 아직 분주한 아침 시간에 출발하기를 잘했을까…….

이동은 도보로 했다.

이 수상한 기계 새를 어깨에 얹고 그 지시에 따라 이동하는데 승합마차를 타면 다른 손님들이 이상하게 여길 것이다. 그렇다고 하늘을 날게 하자니, 기계 새의 작은 몸에 내장된 동력원으로는 너무 부담스러울 테고.

게다가 마일이 기계 새에게 목적지를 물어서 얻은 대답의 방위 거리를 봤을 때 종착지가 아르반 제국이라는 사실이 드러났다.

기계 새는 인간이 마음대로 정한 지명, 국가명 같은 것은 조금도 신경 쓰지 않는 것 같았기에 행선지를 현재 위치에서의 방위 거리로 확인하는 수밖에 없었던 것이다.

지금, 정세가 불안한 아르반 제국으로 가는 승합마차는 거의 없었다.

호위 임무를 겸해 상단 마차에 편승하려 해도, 정세가 불안하고 위험한 상황인 나라에 가서 돈을 끌어 모으려는 상인과 얽혀 봐야 좋을 일이 없고 상품을 가득 실은 짐마차로 그것도 중간중간 마을에 들러 며칠씩 체류하면서 장사하는 무리와 함께 다니면 『붉은 맹세』가 걸어서 이동하는 것보다도 느릴 터였다.

또 목적지 부근에서 마음대로 호위 임무를 내팽개치고 이탈할 수도 없다.

그리하여 이동 속도와 편의성을 고려해 단독 행동을 선택한 『붉은 맹세』였다.

"짹짹!"

마일의 어깨 위에서 깃털 고르는 듯한 동작을 하며 울어대는 기계 새.

평범한 새인 척하고 있었다.

"……아니, 너, 평범한 새처럼 굴 거면 그 이전에 해결해야 하는 게 있지 않아?! 그 금속이 그대로 드러나는 색깔이라든지, 깃털도 없이 반들반들한 몸이라든지, 모나고 전혀 생물 같지 않은 체형이라든지, 튀어나온 리벳 머리 부분 같은 걸 좀 어떻게 하란 말이야!"

"아~, 리벳이 튀어나오면 기류를 흩트려서 비행 효과를 떨어 트리죠……."

"그런 뜻이 아니잖아!"

마일의 맞장구에 소리를 빽 지르는 레나.

여하튼 새다운 구석이라고는 하나도 없는 기계 새. 날개도 깃 털도 없는 몸인데 깃털 고르는 척해봐야 무리가 있다.

그리고 애당초 이런 모습이라면 날갯짓을 하더라도 도저히 날 수 없을 것 같다. 아마 비행 시스템은 중력 제어 같은 것으로 되 어 있으리라…….

'싸우다가 외장이 벗겨져서 금속 몸이 드러난 로프로스*보다도 심각해……. 이런 모습은 딱 새형 서포트 로봇 치카네……. 이걸 보고도 평범한 새라고 생각하는 사람이 있다면 안과에 가보라고 할 거야……. 뭐, 말이 안과지 여기서는 약사한테 안약을 처방받 거나 마술사한테 치유마법이나 회복마법을 걸어달라고 하는 게 전부겠지만…….'

마일이 그런 생각을 하고 있는데 기계 새가 쩍쩍거리며 목적지 를 알렸다.

기계 새가 안내하는 대로 가보기로 한 『붉은 맹세』였는데…….

"그쪽은 정면에 가파른 산맥이 버티고 있는데!"

"게다가 저 앞은 깊은 숲이네요, 아주 높은 등급의 마물이 득시

*만화 『바벨 2세』에 나오는 괴조 로봇.

글거릴 듯한⋯⋯."

"우리는 너처럼 하늘을 날 수 없다고⋯⋯."

"⋯⋯아니 그리고 어느 정도 대화가 통하는데 그냥 말로 하면 되지⋯⋯. 그리고 길이 있는 대로 좀 안내해달라고요!"

네 사람 모두에게 면박당한 기계 새.

"째액⋯⋯."

"불쌍한 척해도 소용없어!"

"표정 같은 건 짓지도 못하는 금속제 얼굴에다가 간단한 응답밖에 못 하는 지능. 그런데 왜 그렇게 뻔뻔한 동작은 가능한가요! 능력 배분이 이상하잖아요!"

기계 새에게 또 면박을 주는 레나와 마일.

"뭐, 귀여우니까 되지 않았나요?"

"아하하⋯⋯."

그리고 무슨 영문인지 기계 새에게 호의적인 폴린과 그런 건 아무래도 상관없는 듯한 메비스였다.

"아~ 폴린 씨는 악의에 예민한 작은 새랑 작은 동물은 자기를 피하고 상대도 안 해주니까, 자기가 가까이 가도 달아나지 않는 기계 새가 마음에 들어서⋯⋯ 앗, 아니에요! 저는 아무 말도 안 했어요!"

마일이 호랑이의 꼬리를 밟았다. 아주 힘껏⋯⋯.

*　*

197

"이제 그만 좀 봐주세요오……."

마일이 울먹거리자 폴린의 화가 겨우 가라앉았다.

"진짜……. 나 별로 동물이 기피하는 성격 아니거든!"

폴린의 그 말에 마일은 반사적으로 대꾸하고 말았다.

"아, 물론 동물뿐만이 아니라 애들이랑 수인들도 기피……."

""마이이일~!!""

"아……."

레나와 메비스가 말렸지만, 한발 늦었다…….

"우후후……."

"저, 저기……."

"후후후후후……."

"저……."

"후후후후후후후후후후후……."

"으아아아아악~~!"

* * *

"짹짹!"

"다 왔나 봐……."

마침내 목적지에 도착한 『붉은 맹세』.

짐은 전부 마일의 아이템 박스에 넣고 숙소에 묵지 않고 오로지 야영만, 게다가 텐트 칠 시간이 필요 없고 식사 준비에도 시간이 거의 들지 않아 어두워질 때까지 계속 걸었기 때문에 다른 일반 여행자들보다 이동 속도가 훨씬 빨랐다.

기계 새의 안내에 따라 도착한 곳은 지난번 동굴이 아니라 다른 장소였다.

인기척 없는 돌산 깊은 곳, 생긴 지 그리 오래되지 않은 듯하며 록 골렘이 겨우 기어들어 갈 수 있을 듯한 규모의 동굴 입구.

그리고 그 앞에는 스캐빈저 여섯 마리가 정렬해 있었다.

예전에 만났던 개체인지 아닌지는 알 수 없다.

사람 얼굴을 잘 기억하지 못하는 마일뿐만 아니라 천하의 레나 일행도 똑같은 모양의 로봇을 판별해내기란 불가능하겠지.

대형견 크기에 여섯 개의 다리와 네 개의 팔을 가진 금속제 몸.

고아들이 『사각사각 님』라고 부르는 것처럼 스캐빈저는 이동 속도가 빠르다.

록 골렘도 여섯 마리 있었는데, 그쪽은 행동요원이 아니라 그냥 출입구의 경비원인 듯했다.

지금은 일시적으로 여기에 모여 있지만, 평소에는 주위에 흩어져서 단독 행동을 하는 것으로 짐작된다.

한 곳에 골렘이 이렇게 모여 있으니 기껏 출입구를 알아보기 어렵게 위장한 것도 의미가 없다.

"입구가 좁은 이유는 인간종과 마물이 발견할 수 없게 하기 위함일 텐데요……."

"""""여전한 VIP 대우!.""""""

그렇다, 정중하고 공손한 마중이었다…….

199

제116장　슬로 워커

마중 나온 스캐빈저들의 안내를 받아 입구로 들어간 마일 일행. 예상했던 대로 록 골렘들은 동굴 안에는 따라오지 않았다.

마일의 어깨 위에는 기계 새가 여전히 앉아 있었다.

좁은 입구라고 했지만, 골렘한테 좁다는 뜻이다. 스캐빈저와 마일 일행은 수월하게 들어갈 수 있었다.

그리고 좁은 건 입구뿐, 안에 들어가니 록 골렘이 선 상태로 두 마리가 나란히 걸어갈 수 있을 넓이는 되었다.

잠시 걸으니 최근에 설치한 듯 보이는 발광석에 의해, 많이 밝지는 않아도 걷기에는 지장 없을 정도의 조명이 있었다. 그래서 마일은 등화 마법을 취소했다.

스캐빈저와 골렘은 조금만 밝아도 충분할 터였고, 마일 일행 역시 잘 정비된 동굴을 걷기만 하는 것이라면 비탈길이나 계단이 있어도 괜찮을 정도로는 밝았다.

다소 어두워도 암흑 속에서 난데없이 마물이 튀어나오거나 할 걱정이 없었기에 그런 점에서는 안심이었다.

골렘과 스캐빈저가 관리하는 동굴이기도 하고, 설령 골렘과 스캐빈저가 없어도 이렇게 깊은 곳에는 마물이 살지 않는다.

마물이라도 먹이와 물은 필요한데 사냥터와 물 있는 곳이 너무 멀고 불편한, 아무것도 없는 이런 곳에 살 리가 없다. 동굴을 보금자리로 삼는다고 해도 기껏해야 입구로부터 수십 미터 정도까지다. 비바람을 피하기에 그 정도면 충분했다.

……그렇게 동굴 안을 걸어, 가파른 계단과 비탈길을 계속 걸어 내려간 일행.

"깊네……. 전보다 훨씬……."

"네. 도중에 암석이 무너져 묻혔던 걸 다시 파낸 흔적 같은 것도 있고요……. 뭐, 꼭 깊을수록 오래된 시대의 것이란 법도 없지만……."

그렇다, 지하 유적의 심도 차이는 유적이 오래된 정도가 아니라 만든 이가 생각한 중요도를 나타낸다고 보는 게 자연스럽다.

만든 후에 지각 변동으로 어쩌고저쩌고하는 것은 말이 안 된다.

그 정도 대규모 지각 변동이면 유적 자체가 완전히 망가졌을 테니까.

'지하 도시도 이렇게 깊게는 안 만드는데. 국가적 대규모 프로젝트였던 타임 터널*조차 애리조나 사막 지하 수천 미터에 있었고…….'

마일은 『지하 수천 미터』라고 쉽게 말했지만, 엘리베이터를 타고 수직으로 내려간다면 모를까 계단과 비탈길을 걸어 그 고도를 이동하려면 얼마나 걸어야 한다는 말인가…….

도쿄 타워가 333m, 도쿄 스카이트리가 634m 높이다. 그런데 『수천 미터를 내려간다』니, 엘리베이터 또는 그 비슷한 이동 수단

*1966년에 방영되었던 미국 드라마 『타임 터널』.

201

없이는 상당히 힘든 법이다.

　……그리고 내려가는 것은 그나마 낫지, 돌아갈 때는『올라가야 한다』는 사실을 아직 깨닫지 못한 레나 일행이었다…….

＊　　＊

　"아, 아직 멀었나…….”

　"하악~, 하악~."

　푸념이 나오기 시작한 레나 그리고 이미 제대로 말도 못 하는 폴린.

　마일과 메비스는 아직 아무렇지 않아 보였지만, 아무래도 후위직인 두 사람은 힘든 모양이었다.

　내려가는 것은 체력 소모도로 봤을 때 올라가는 것보다 편하지만, 무릎이 받는 부담은 훨씬 크다. 관절과 근육 통증, 내장에 가해지는 충격도…….

　그래서 수시로 쉬어가며 몇 시간이나 걸려서 하염없이 걷는 『붉은 맹세』였다…….

＊　　＊

　"도착한 것 같네요…….”

　내리막이었던 길이 이제 평평해지자 도착 지점에 왔다고 판단한 마일.

"헥헥……."

"하악, 하악……."

"헉, 헉……."

메비스와 레나는 무릎이 후들거리고 다리가 바들바들 떨리는 것이 마치 갓 태어난 아기 사슴 같았지만, 그래도 아직 서 있긴 했다. 하지만 폴린은 거의 죽어 있었다.

"포, 폴린 씨, 많이 힘드셨죠! 이제 도착했어요!"

폴린은 이동 등을 할 때 자신이 모두의 발목을 잡고, 자신의 이동 속도가 곧 『붉은 맹세』의 최대 이동 속도임을 자각하고 있었기에 언제나 필사적으로 노력해왔다.

다들 그 사실을 잘 알았기에 마일이 폴린에게 건넨 격려의 말에 레나와 메비스도 거친 숨을 몰아쉬며 고개를 끄덕였는데…….

『지금의 속도로 세 시간 더 걸어가면 도착합니다…….』

철푸덕

기계 새의 쓸데없이 친절한 설명에 마침내 쓰러지고 마는 폴린이었다…….

＊　＊

"이번엔 진짜로 도착한 것 같아요……."

"" ······ .""

대답이 없다. 그냥 시체인 것 같다······.

＊　＊

동굴 끝까지 다다른 마일 일행의 앞에 돔구장처럼 생긴 넓은 공간이 펼쳐졌다.

그리고 중심부에 반경 수 미터의 원이 그려져 있었고, 그 안에 어떤 고도의 전자장치처럼 생긴 게 있었다. 빨갛게 녹슨 덩어리나 가루가 아니라 그냥 평범한 형태로······.

이상한 것은 그것을 중심으로 바깥쪽을 향해서, 땅에 수많은 원이 그려져 있었고 원마다 기계처럼 생긴 물체가 놓여 있다는 점이었다.

게다가 안쪽은 비교적 멀쩡했는데 바깥으로 갈수록 점점 녹슬고 망가져 있었다. 그리고 제일 밖에 있는 것은 그야말로 녹슨 덩어리와 가루만 남았다. 지금까지 마일 일행이 몇 차례 목격했던 유적처럼······.

"이게······."

""뭐지?""

분명한 규칙성이 보이는 눈앞의 광경에 고개를 갸우뚱거리는 『붉은 맹세』였는데······.

『슬로 워커······.』

"이게?"

기계 새의 말에 의문스러워하는 마일.

"안쪽으로 갈수록 풍화되지 않은 새것……. 기계 새가 한 말을 생각하면 중심부의 전자장치는 아직 망가지지 않고 작동되는 듯하네요. 그리고 바깥으로 갈수록 점점 열화랄까, 풍화가 현저해요. ……그리고『천천히 걷는 자(슬로 워커)』……. 으~음, 천천히 걷는다, 천천히 걷는다……, 앗, 시간 정체 필드인가요!"

만약 정비하지 않아도 100년을 유지하는 전자 시스템이 있다면.

그리고 마찬가지로 100년을 유지하는 시간 정체 필드 발생 장치가 있다면.

자신까지 효과 범위 안에 들어가도록 설치된, 시간 정체 필드 발생 장치.

그리고 바깥쪽에 또 다른 시간 정체 필드 발생 장치를 설치. 그리고 그 바깥쪽에도, 그 바깥쪽에도……. 그렇다, 마치 마트료시카 인형처럼…….

만약 그 장치가 자신을 포함한 효과 범위 내의 시간 경과 속도를 100분의 1로 만들 수 있다면 1만 년이 지나도 최외곽 장치가 망가졌을 때 다음 장치는 1년분밖에 열화되지 않는다.

그리고 그 두 번째 장치가 그로부터 9900년 지나 망가졌을 때, 외부는 1만 9900년이 지나 있고 또 다음, 세 번째 장치는 0.01년 + 0.99년으로 1년만큼 열화된다.

또 그 세 번째가 9900년 뒤에 망가졌을 때, 외부는 2만 9800년이 경과, 네 번째 장치는 0.0001년 + 0.0099년 + 0.99년으로 1년만큼 열화.

이것이 반복되면서 오랜 세월 동안 유지가 가능해지는데…….

그리고 아마도 과학이 발달한 문명이었을 테니, 물리적 가동 부분이 거의 없는 장치일 경우 정비하지 않아도 100년 이상 유지될 것이고, 스캐빈저 같은 정비용 자율 기계나 수리용 예비 파트 같은 것도 있었으리라.

또한 시간 정체 비율은 500분의 1일 수도 있고, 1,000분의 1일 수도 있다.

그렇다면 마일의 상상을 아득히 넘는 어마어마하게 긴 세월을 견뎠을지도 모르는 일이다.

소모와 자재 고갈 등과 싸워가며 다가올 날에 대비하고 조물주의 명령을 따르며…….

"아, 잠깐만…….""

말리려는 레나의 말을 한 귀로 흘리고 중앙에 있는 장치로 다가가는 마일.

여기까지 안내해준 스캐밴저들은 더 움직이지 않았다.

그저 마일의 오른쪽 어깨 위에 앉아 있는 기계 새만이 그대로였다.

독단적으로 걸어가는 마일을 당황하며 뒤따르는 레나 일행.

그리고…….

"헬로우, 옛 친구."

장치 앞에 선 마일이 오른손을 가볍게 들고 인사했다.

어차피 스캐빈저에게 현재 언어에 관한 데이터를 받았을 테고,

유구한 세월을 보내온 불사의 존재와 만났을 때 건네는 인사는 이거면 될 터였다.

……마일의, 독일제 대하 스페이스 오페라 지식*에 따르면 말이다…….

그리고 아득한 시간을 건너 조물주의 자손인 자신과 만났으니 『옛 친구』라고 말해도 그리 이상하지는 않을 거라고…….

『…….』

『………….』

『…………….』

자기가 불렀으니 음성 대화를 위한 디바이스 정도는 당연히 갖췄을 터.

그렇게 생각하고 인사했건만 대답이 없었다.

하지만 마일의 예민한 청각은 완전한 정적이 아니라 음성을 발생시키기 위한 디바이스가 작동되는 듯한, 일종의 공기 진동을 감지했다.

분명 『슬로 워커』가 소리내기를 주저하고 있는 거겠지.

……아니면 마일이 건넨 인사에 당황해서 뭐라고 대답해야 좋을지 모르고 있거나…….

---

*독일 SF 스페이스 오페라 소설 시리즈 『우주 영웅 페리 로단(Perry Rhodan)』.

『……헤, 헬로우, 옛 친구……, 관리자님…….』

『슬로 워커』가 가까스로 대답했다.

"""까아아악, 말했어어어!"""

"……금속으로 된 새가 말한 다음인데 뭘 또 놀라는 거야!"

메비스, 폴린과 함께 자기도 있는 대로 소리 질러놓고서 그렇게 말하는 레나.

메비스와 폴린은 그 소리에 『그것도 그런가』하면서 곧바로 흥분을 가라앉히고 진지한 표정을 지었다.

"다들, 순응이 빠르네요……."

마일이 어이없어했지만, 계속 현 상황을 받아들이지 못하는 것보다는 훨씬 낫다.

과연, 마일 때문에 비상식에 대한 내성이 충분히 생기긴 한 것이다.

마일은 동료들에 대해서는 더 생각하지 않기로 하고, 『슬로 워커』쪽으로 몸을 돌렸다.

"이제 말을 유창하게 할 수 있게 됐네요. 불시의 사태에도 대응 가능해졌고. 아주 고성능이로군요. 예상했던 대로……."

그래도 나름대로 부피가 있는 컴퓨터다. 기계 새와 달리 인간에게 버금가게 말할 수 있는 듯했다.

……아까 버벅댔던 건 성능이 부족해서가 아니라 마일이 한 말의 의미를 잘 이해하지 못해서일 테니, 노카운트다.

"그럼 자신의 존재에 대해 설명하고 우리를 부른 이유를 알려주세요."

처음부터 직구를 던지는 마일.

뭐, 그걸 모르면 이야기에 진전이 생기지 않으니 어쩔 수 없다. 상대도 그 정도는 알고 있을 것이다.

"지금까지 스캐빈저들한테 그쪽에 관한 보고도 설명도 듣지 못했어요. 그런데 아마 당신들 중 가장 능력이 뛰어날 그쪽에 대해 저에게 알려주지 않은 것도, 그쪽이 저에게 접촉해오지 않은 것도, 평범하게 생각하면 말이 안 돼요. ……그렇다는 건 그 시점에서 스캐빈저들은 당신에 대해 몰랐고 당신 또한 스캐밴저들로부터 정보를 얻지 못한 상태였다는 것 아닌가요?"

『그렇습니다. 저는 정상적으로 작동하고 있었으나 필드 밖 보조 장치, 케이블, 안테나 등이 전부 손상되었고 외부로 가는 루트가 전부 붕괴하여 대부분 파묻혔기 때문에 외부 정보를 일절 입수하지 못했으며 저 또한 지시를 내리는 것이 불가능하였습니다. 이러한 사태에 빠진 주요 원인은 대기 시간…… 필드 밖 시간 경과가 예상을 아득히 넘어섰다는 것, 관리자의 지시가 도중에 끊겼다는 것, 그리고 봉사자가 전부 거의 동시에 망가졌다는 점 때문입니다.』

봉사자란 아마 마일 일행이 말하는 스캐빈저를 가리키리라.

"거의 동시에 전부 망가졌다고요?"

『지각 변동에 의한 대규모 낙반. 그것을 복구하려고 모인 곳에 다시 낙반. 통로 매몰, 밖으로 나간 유닛의 미귀환.』

"아～……."

스캔빈저는 서로 수리하고 개체 수가 줄어들면 새로 만들기 때문에 세대교체를 해가면서 유구한 시간을 버티지만, 한 번에 모두 전멸하면 어쩔 도리가 없다.

아무래도 불행이 겹친 모양인데, 몇만 년이나 되는 시간이면 그런 일도 일어날 수 있겠지.

그전에 자재 부족으로 전반적인 기능이 저하될 가능성도 있다.

『눈과 귀가 되어주는 외부와의 연락 수단도, 수족이 되어주는 봉사자도 잃어버려 점점 기능을 상실해가는 타임 스케일 가변 장치. 그리고 기능하는 장치의 숫자도 이제 얼마 남지 않게 된 며칠 전, '희소식 전달자들'이 나타난 것입니다…….』

"네네, 제 부하가 된 스캔빈저…… 봉사자들에 의해 과거에 기지가 있던 장소로 파견되었던 수리 팀이죠……."

슬로 워커는 『봉사자』라든지 『희소식 전달자』와 같은 네이밍이랄까 표현을 좋아하는 듯했다.

"그래서 당신의 존재 목적……, 임무가 뭐죠?"

대충 상황을 파악한 마일이 마침내 핵심에 접근하는 질문을 던졌다.

이것을 확인하지 않으면 어떤 말을 듣고 어떤 부탁들 받아도 대응을 결정하기 어렵다.

레나 일행은 마일과 슬로 워커의 대화를 조용히 경청했다.

『저의 제조 목적은…….』

"네네……."

『이세계 침입자들로부터 이 세계를 지키는 데 필요한 정보를 잃어

버리거나 그날에 대비해 만들어진 거점이 시간이 흐르면서 그 기능을 상실했을 때를 대비해 '시간을 초월하는' 것이었습니다.』

"역시……."

거의 마일이 짐작한 대로였다.

그리고 슬로 워커의 말에 따르면…….

옛날, 이 행성에는 일반인이라도 돈만 많이 내면 항성계 내 우주여행 정도는 가능할 만큼의 문명이 있었다.

그런데 어느 날 갑자기 생긴 차원 균열에서 이형의 생물……
『마물』들이 범람했다.

문명은 발달했으나 행성 전체가 통일 정부에 의해 평화를 유지하고 있었기에 세계에는 강력한 무기가 없었고, 또한 치안 유지를 위해 필요한 것, 요컨대 경찰 수준의 능력을 뛰어넘는 전투 조직도 없었다.

게다가 행성 대부분 지역에 인간이 상당히 고밀도로 거주하고 있었고, 마물이 출현한 곳도 그런 지역이었다.

그래서 마물의 출현은 곧 인간의 대량 학살 개시였으며 피해가 막대했다.

또한 도시에 갑자기 출현하는 바람에 도시 기능이 곧바로 마비. 많은 사람이 아직 남아 있는 곳에 무차별 공격(급조한 화학 병기라든지 대량 파괴 병기 같은)을 퍼부을 수도 없어서 마물은 곧 전 세계로 뻗어나갔다.

그 후 균열은 자연스레 소멸했다.

그리고 필사적인 조사 연구 끝에, 차원 균열은 자연 현상이 아니라 작위적 과학적 수단에 의해 생긴 것이라는 사실이 드러났다.

언제 또다시 차원 균열이 열릴지 몰라, 소수를 제외한 사람들은 수많은 대형 우주선을 타고 이민선단을 꾸려 새로운 세상으로……

"아니! 아니아니아니! 잠깐만요! 알지도 못하는 곳으로 대규모 항성간 이민이라니 그런 엄청난 도박을 할 바에는 그냥 전 세계에 퍼진 마물을 각개격파로 섬멸하는 게 훨씬 빠르고 간단하고 안전하지 않나요! 왜 그런 위험한 선택을……."

말도 안 된다.

마치 쥐 한 마리 나왔다고 살던 집을 버리고 머나먼 타국으로 이민 가는 짓이나 마찬가지다.

말도 안 된다…….

그렇게 생각하는 마일이었는데…….

『관리자들의 생각은 알 수 없습니다.』

피조물이 조물주의 생각을 모르는 건 어쩔 수 없겠지.

"혹시 오랜 평화 때문에 다정하고 온화한 (겁 많고 얼빠진) 종족이 된 걸까……."

그런 생각을 하는 마일.

"……그런데 과학적 수단으로 차원 균열이 의도적으로 열렸다고 했는데 그렇다면 왜 침입한 게 마물뿐이죠? 차원을 넘나들 수 있는 시스템을 개발한 종족은 왜 안 온 거죠? 뭔가 목적이 있어서 그런 시스템을 만들었을 거잖아요? 그리고 애당초 과학이 그 토록 발달한 세계에, 인간을 습격하고 잡아먹는 포악한 생물이 왜 그렇게 만연한 건데요? 이상하지 않나요?"

그리고 당연한 의문을 품는 마일이었는데…….

『아닙니다, 왔습니다.』

"네?"

『그 시스템을 개발한 것으로 보이는 지적 생물의 후예가 마물들과 함께 이 세계에 들어왔습니다.』

"허어어억! 그럼 그 지적 생물은 지금 어디에……."

『대륙 각지에 존재하고 있습니다. 그리고 현재 인간종은 그들을 '고블린'이라고 부릅니다.』

""""""허어어어어어어어어어어어억!!""""""

이 말에는 마일뿐 아니라, 그때까지 조용히 듣고 있던 레나 일 행도 참지 못하고 소리를 지를 수밖에 없었다.

"고, 고고고, 고블린이 지적 생물이라고요? 멍청하고 거칠고 말도 못 하고 인간을 공격하는 최하급 마물인 그 고블린이?"

그렇게 말하면서도, 그제야 인간종이 고블린을 잡아도 소재를 써먹지 않고 그 고기도 절대 먹지 않는다는 부분에 그동안 아무 의문도 품지 않았다는 사실을 깨달은 마일이었다.

아니, 그야 고기는 별로 맛있을 것 같지도 않다.

하지만 농사를 아예 망쳤거나 흉작이었을 때에는 먹어도 되겠 지. 아무리 맛이 없어도 굶어 죽는 것보다는 훨씬 나으니까.

……그런데 왜 그런지 고블린을 먹는 인간종은 없다. 다른 마

물은 아무렇지 않게 잘만 먹으면서.

동물과 마물들은 고블린을 먹는다. 그러니까 독이 있거나 죽을 만큼 맛없는 것도 아닐 터다.

그런데도 인간종만 유독 고블린을 완강하게 먹지 않으려고 한다.

마치 인간이 인육을 먹는 것을 금기시하듯 말이다…….

"그러고 보니 고블린은 인간종 여성을 덮치잖아요……. 먹기 위해서가 아니라 노리개로 삼으려고……."

마일이 그렇게 중얼거리자, 얼어붙기라도 한 듯 굳어서 입을 꾹 다무는『붉은 맹세』였다…….

"……하, 하지만 바보잖아! 고블린은 바보라서 그런 걸 할 지능이 없다고!"

레나가 소리쳤지만 슬로 워커는 그 말을 완전히 무시했다.

아무래도 슬로 워커가 대화 상대로 인식한 것은 마일뿐인 듯했다.

"고블린이 그런 지적 생물이라고는 도저히 생각할 수 없어요!"

마일의 이 말에는 슬로 워커가 대답했다.

『후예입니다. 지적 생물의 '후예'입니다…….』

"아……."

마일은 이런 이야기에는 머리가 잘 돌아간다. 전생에서 괜히 SF 마니아가 아닌 것이다.

"퇴화……, 했구나……."

예전에 균열에서 발견했던『로봇 비슷한 것』을 떠올리는 마일.

골렘이. 봉사자(스캐빈저)가. 자원 절약 타입 자율형 간이 방위 기구 관리 시스템 보조 장치. 제3 백업 시스템이. 그리고 슬로 워커가.

자신들을 창조한 자(조물주),『관리자』가 사라지고 그 자손들이 지식을 잃고 퇴화해도 주어진 사명을 계속해서 이어나가는 피조물들⋯⋯.

그렇다면 다른 세계 역시 그런 존재가 있어도 이상하지 않다.

만들어진 자들은 그 지식을 유지하고 있지만, 그들을 만든 자들은 퇴화해서 동물이나 다름없는 존재로 전락했다⋯⋯.

역사는 되풀이된다.

그와 마찬가지로 아주 유사하게 발전해온 세계라면 같은 경위를 거슬러도 이상하지 않다.

어떤 세계의 지적 생물이 스캐빈저들 같은 피조물을 창조해내고, 또 그 세계의 인간종과는 이유와 정도가 다르더라도 그와 비슷하게 쇠퇴하고 퇴화해도⋯⋯.

조물주가 퇴화해 괴물 이하의 존재가 되어도, 마지막에 받은 명령을 계속 지키며 자신의 존재 의의에 따르는 것.

그것 말고 피조물이 뭘 할 수 있겠는가⋯⋯.

"그러니까 자기들 세계가 망해가고 있어서 다른 세계로 이주하려 한다는 거?"

『아마도⋯⋯. 급격한 '멸망'이 아니라 행성에 이상이 생기고, 세계적 기후 변화, 빙하기, 자원 고갈 등 상당히 긴 기간에 걸쳐 환경 변화가 일어났을 가능성. 이 세계와는 시간 흐름이 다를 가능성. 세계적 사고로 문명이 단번에 무너졌을 가능성. 치명적인 질병, 우주에서 날아드는 자외선과 우주선, 초광속 기관의 개발 실패에 따른 차원 사고……. 문명 붕괴와 퇴화, 탈출이 필요해진 원인의 추정은 불가능.』

"당연히 모르려나……. 그런데 고블린이 전에 지적 생물이었다면 혹시 다른 마물들도 원래는 평범한 동물들이었을까. 가축으로 길러졌거나 반려동물이었거나 동물원에 있었거나 동물 보호 지역에 있었거나……. 그래서 돼지처럼 생긴 것(오크)도 있고, 곰처럼 생긴 것(오거)도 있고, 개처럼 생긴 것(코볼트)도 있고, 늑대 종류라든지 그런 게 많은 걸까……."

『실험 생물이었을 가능성도 있습니다. 환경 변화에 견딜 수 있는 인체를 개조하기 위하여 그 실험에 쓰인 동물들이 어떠한 이유로 바깥에 버려졌다가 자연 교배하여 종으로 정착해버렸을 가능성……. 그리고 그 후예가 지성이 없고 포악한 마물들이라는 것은…….』

"연구 성과로 그런 처치를 받은 지적 생물이라도 지성을 잃고 포악하게 변할 가능성이 있다는 뜻인가……. 다른 목적으로 손댄 부분이 장기적으로 악영향을 미쳐서, 그때는 드러나지 않지만 서서히 그런 방향으로 향하는, 절대 건드리면 안 되는 신의 영역(게놈)의 개조에 손대버린 건가……."

지금은 알 수 없다.

그리고 안다 해도 손쓸 방법이 없다.

이 행성을 버리고 떠난 사람들은 일찍이 지적 생물이었던 존재들을 불쌍히 여긴 것일까.

그래서 지적 생물의 후예인 고블린, 선조는 평범한 동물이었을 마물들을 차마 멸종시키지 못하고 그냥 이 행성을 떠난 것일까.

아니면 그저 언젠가 다시 찾아올 파멸과 학살의 나날로부터 달아나고 싶었을 뿐일까.

그것을 슬로 워커에게 질문한 마일이었는데…….

『관리자들의 생각은 알 수 없습니다.』

예상했던 대답만 돌아올 뿐이었다.

"어쨌든 대략적인 건 파악했나……. 하지만 지금의 인간종은 이 행성을 버리고 달아날 수 없고, 침입자 측에는 대화 가능한 지능을 갖춘 생물이 없어요. 로봇은 자기들의 창조주인 주인님이나 그 자손의 명령밖에 못 들으니까 사실상 설득 불가능하고. 방법이 없네요……. 아, 물어보고 싶은 게 두 가지 있는데요."

『네, 무엇이든지. 관리자의 명령은 절대적입니다.』

아무리 상대가 기계라도 명령이라든지 절대복종 같은 단어는 그다지 좋아하지 않는 마일이 인상을 살짝 찌푸렸는데, 그렇다고 불평해봐야 상대만 곤란할 뿐이라는 것을 알기에 아무 말 하지 않고 이야기를 이어나갔다.

"그쪽이랑 비슷한 존재가 또 있나요?"

그렇다, 그것은 반드시 확인해야만 했다.

어쩌면 고룡들이 찾고 있는 것이 슬로 워커 또는 그 동료일지도 모른다.

그리고 마일의 그 질문에 대한 대답은…….

『모릅니다.』

"엥?"

『저와 비슷한 것은 많이 만들어졌습니다. 하지만 현재 연락이 되는 것은 없습니다. 지각 변동으로 깔려 부서졌거나 바다에 가라앉았다거나 마그마에 녹았다거나 시간 흐름에 따라 삭았다거나……. 아니면 얼마 전까지 제가 그랬듯 연락이 되지 않을 뿐 건재해 있을 가능성이나 타임 스케일 가변 장치가 아직 충분히 남아 있어 봉사자가 정보를 전달하기 위해 접근하는 데 시간이 걸리고 있을 뿐일 가능성도 있습니다.』

"아, 그런가요! 몇 겹이나 되는 시간 정체 필드로 에워 싸여 있는 본체에 접근하려면 그만큼 시간이 들려나……. 본인은 시간이 그냥 평범하게 흐르는 것처럼 느껴도 외부에서 보면 아주아주 느리게 흐르는 것처럼 느껴지겠지요. 아, 빛은 어떻게 되려나? 어둡게 보일까? ……전파로 신호를 보면 주파수가 달라졌거나 다소 전달이 느려졌어도 정보가 어쨌든 전달되는 거 아닌지……."

『전자파는 필드의 경계에서 튕겨 나갑니다.』

"그럼 레이저 통신이나 광통신 같은 건……."

『레이저도 빛도 전자파의 일종입니다.』

"아, 네……."

아마 다른 비슷한 방법도 다 소용없으리라.

"그럼 두 번째 질문. 침입자는 어째서 긴 기간을 두고 침입을 반복하는 거예요? 자신들이 생존하기에 적합한 세계를 찾아보니 여기뿐이었다는 건 짐작이 가지만, 그럼 보통 한 번 실패했어도 몇 년 안에 또 도전하지 않을까요? 국가 간의 전쟁처럼……. 그런데 왜 이렇게 길게 기간을 두는 거예요?"

『모릅니다. 짐작할 수 있는 것은 차원 균열을 만들기 위해서는 막대한 에너지가 필요한데 그 에너지를 축적하는 데 긴 세월이 든다거나 또는 시공간, 중력파, 다른 어떤 조건이 갖춰져야 한다거나 천체의 위치가 갖춰지지 않으면 발동할 수 없다거나. 그 밖에 다른 어떤 이유가 있을 가능성. 또 깊은 의미는 없고, 침입 실패 시의 피해를 복구하고 마물의 수가 다시 충분히 늘어날 때까지 기다렸을 뿐일 가능성. 이 세계에 대한 공격적 의도는 없고 단순히 마물과 조물주의 후예들이 일정 수 이상으로 늘어나 환경적으로 문제가 발생했을 때만 입을 줄이기 위하여 차원 균열을 만들어 강제 이주시키는 것뿐일 가능성. 그저 단순하게 이 세계와는 시간 흐름이 다를 뿐일 가능성. 그 모든 것은 추측에 지나지 않으며 검토할 가치는 없습니다.』

"아~, 뭐, 그런 건가……."

마일이 차원 균열에 던져 넣었던 마이크로스 팀의 일을 생각하면 시간이 흐르는 속도에 크게 차이가 없는 듯하지만, 마일은 그 부분을 깨닫지 못하고 있었다.

그 후에도 마일은 슬로 워커와 이런저런 대화를 나누었지만, 뒤에서 경청한 레나 일행은 대부분 이해하지 못했다.

하지만 마일은 이해한 모양이어서 방해하지 않고 묵묵히 귀만 열고 있었다. 나중에 마일이 자신들도 이해할 수 있도록 설명해 주면 된다고 여기면서.

＊　　＊

"……계속 저만 이것저것 물어봤는데, 이번에 저를 부른 이유는 뭔가요?"

아마도 슬로 워커가 골렘과 스캐빈저들의 총괄 관리를 맡았다는 보고 아니면 슬로 워커도 자신의 부하가 된다는 이야기겠지.

그렇게 짐작하는 마일이었는데……

『봉사자가 준 시공간 변동에 관한 정보, 급하게 제조해 각지에 보낸 관측 조사용 장치가 보내온 데이터, 그리고 예전 기록을 통해 침입자는 탐침기기에 의한 사전 조사와 정밀 조사를 거쳐 이미 차원 간 연락 구멍의 고정 작업을 거의 완료했다고 판단. 요컨대 이미 본격적 침입이 시작되었습니다. 그것을 알리고자…….』

""""허어어어어어억!""""

과연 마지막 말은 레나 일행도 알아들을 수 있었다.

그래서 그 일과 관련된 모든 정보를 캐묻기 시작한 마일이었다…….

＊　　＊

"이제 그만 가요!"

슬로 워커에게서 여러 가지 이야기를 들은 마일은 레나 일행에게 그렇게 말했다.

"이대로라면 인간…… 아니, 인간종과 그 밖의 종족, 동물과 식물 등 이 세계의 모든 존재가 큰 피해를 입을 거예요. 어쩌면 멸종하는 생물도 나올지 몰라요. 하지만 저희가 이 정보를 가지고 돌아가 퍼트리면 다들 영문도 모른 채 혼란스러워하면서 속수무책으로 마물에 유린당하는 위험을 막고, 제대로 싸울 수 있을지도 몰라요!"

"……하지만 이렇게 황당무계한 이야기를 과연 믿어줄지……."

마일의 이야기에 나머지 세 사람 중에서는 마일과 슬로 워커의 이야기를 가장 잘 이해한 듯한 폴린이 걱정스레 말했다.

"하지만 손 놓고 있는 것보단 낫겠죠! 그리고 방금 들은 슬로 워커의 이야기대로라면 모든 침공 지점…… 신종 발생 장소로 짐작되는 곳은 본격적인 차원 균열이 아니라 그 전조랄까 본체 균열을 안정화하기 위한 앵커, 일종의 밸런서 같으니, 이대로 내버려 두면 기습 공격을 당할지도……."

마일은 방금 슬로 워커에게서 들은 이야기를 통해 마레인 왕국, 트리스트 왕국, 오브람 왕국까지 동쪽 세 나라에 랜덤으로 나타났던 일시적 차원 균열은『조정하기 위한 실험』이며, 지금 오랜 시간에 걸쳐 계속 열려 있는 균열은 앞으로 열릴 진짜 균열을 안정화하기 위한 반동 상쇄용 추라는 사실을 알게 되었다. 그리고 진짜 균열은 이 나라, 아르반 제국에 생길 것이라는 사실까지도.

그렇다, 지난번과 같은 장소에…….

그래서 선사 문명 사람들이 남긴 지하 유적의 대부분 그리고 고룡 마을이 아르반 제국에 있는 거라고…….

"여하튼 여기 서서 계속 얘기해봐야 시간만 낭비할 뿐이에요.

일단 돌아가면서 의논해요. 슬로 워커 씨, 여러 가지로 고마웠습니다. 또 새로운 정보가 들어오면 알려주세요!"

『네. 그때는…… 관리자 님이 '기계 새'라고 부르시는 그 개체를 보내겠습니다.』

슬로 워커는 특별히 마일에게서 지시를 요구하지 않았다.

예전에 마일이 어느 말단 장치와 스캐빈저들에게 한 말로 충분히 만족한 것일까, 아니면 그런 게 없어도 자기가 해야 할 일을 똑똑히 인식하고 있어서일까……

"그럼 돌아가요!"

"자, 잠깐만……."

"앗? 왜 그러세요, 폴린 씨?"

마일이 돌아가자고 외치자 조금 창백한 얼굴로 멈춰 세우는 폴린.

"저, 저기 마일짱……. 혹시 우리가 내려온 길을 이번에는 올라가야 하는 거니……."

""아…….""

……무리.

폴린, 레나, 그리고 메비스의 얼굴이 그렇게 말하고 있었다.

내려올 때조차 한계를 넘었던 것이다. 그런데 올라가다니, 무리인 게 당연하다.

메비스야 중간중간 많이 쉰다면, 도중에 하룻밤 묵는 정도라면 돌아갈 수도 있을 것이다.

……하지만 폴린과 레나는 이틀째부터 제 기능을 못 할 것이 틀

림없다.

"저기~, 슬로 워커 씨, 다른 길은……."

그리고 그렇게 물어본 마일에 대한 대답은…….

『없습니다. 승강기와 플로트 시스템은 전부 망가졌고, 최단 루트도 정비용 통로도 긴급 탈출로도 전부 매몰되었습니다. 현재 외부와 이어져 있는 것은 봉사자들이 굴착한 이 루트 하나뿐입니다.』

"아, 역시……."

그 말을 듣고 낙심한 레나와 폴린.

"으으으으으윽……."

이래서야 땅 위로 올라가는 데 사흘도 넘게 걸릴 듯하다.

그럼 시간 낭비는 둘째치고 지상으로 나간 후 레나와 폴린이 며칠간 실신 상태가 될 것이다.

그래서는 곤란하며, 두 사람에게도 너무나 힘든 일이겠지.

메비스는 좋은 훈련이 될 거라고 생각하는지 뒤에서 팔굽혀 펴기를 하고 있었는데, 레나와 폴린은 그 모습을 절망 가득한 눈동자로 바라보았다.

"……으~음, 으~음……. 어떻게 해야……."

마일은 고민에 빠졌지만 좋은 아이디어가 떠오르지 않았다.

그러다 문득 옆을 보니 지금까지 호위 겸 안내를 해주었던 스캐빈저 여섯 마리의 모습이 눈에 들어왔다.

"……이거닷! 더블 버스터, 이거다앗~~!"*

……그렇다, 자력 귀환이 곤란하다면 이동 수단을 이용하면 된다.

---

*애니메이션『톱을 노려라!』의 슈퍼로봇 건버스터에 내장된 병기 '버스터 코레다'에서 따온 말장난.

＊　＊

"그래서 이런 걸 만들어 봤어요!"

모두의 앞에 있는 것은 마일이 아이템 박스에서 꺼낸 나무로 대충 만든 가마였다.

가마는 '끌채'라고 하는 막대기 위에 사람이 올라탈 판을 얹은 탈것이다. 그것을 여러 사람이 어깨에 메고 실어 나른다.

물론 일본 신을 모시는 전통 가마 오미코시처럼 지붕은 없고, 사람이 앉는 자리도 그냥 막대기 두 개 사이에 판을 올렸을 뿐.

거기에 엉덩이가 아프지 않도록 서비스로 쿠션을 붙여 놓았다.

……그런 것이 세 대.

"이걸 스캐빈저……『봉사자』들이 2인 1조로 드는 거죠!"

마일 본인은 그냥 걸어갈 것이다. 별로 부담 없으니까.

어차피 스캐빈저도 여섯 마리밖에 없어서 달리 방법도 없다.

골렘이 있으면 목마에 태워주거나 하는 방법도 있지만, 없는 건 어쩔 수 없으니까. 지금 굳이 불러 봐야 시간만 들고, 록 골렘이고 아이언 골렘이고 어깨 위에 앉으면 엉덩이가 시리고 아플 것 같았다.

또 시야가 상당히 높아져 조금 무서울 것 같은 데다가 잘못하면 울퉁불퉁한 천장에 머리를 부딪힐 가능성도 있었다.

골렘의 걸음 속도로 천장 돌출부에 머리를 박는다면 아마 죽을 것이다.

그래서 실어 나르는 것은 스캐빈저에게 부탁하는 편이 무난했다.

"마일, 잘했어!"

"마일 짱, 믿었다니까!"

"아하하······."

메비스는 가마를 타든 걸어가든 상관없어 보였지만, 레나와 폴린에게는 사활이 걸린 문제였을 터다. 그래서 웬일로 마일에게 아낌없이 칭찬을 날렸다.

"그럼 출바알~!"

"""하앗!"""

그리하여 레나 삼 인방은 가마에 오르고 마일은 그 옆에서 따라 걷기 시작했다.

스캐빈저는 고아들이 『사각사각 님』이라고 불렀던 것처럼 걸음이 상당히 빨랐기 때문에 지상에는 꽤 금방 도착할 듯했다.

＊　＊

"······그런데 왜 해도 뜨기 전이냐고요······."

"""···········."""

그렇다, 동굴에 들어간 시각과 내려가는 데 걸린 시간, 슬로 워커와 대화를 나누고 가마를 만드는 데 든 시간, 그리고 올라오는 데 든 시간.

그것들을 전부 계산해봤을 때 마일이 지상으로 돌아온 지금이 해도 뜨지 않은 새벽이라는 건 말이 안 되었다.

""""............""""

마일 일행이 이상하다는 얼굴로 침묵하고 있는데 나노머신이 마일의 고막을 울려 말을 걸었다.

【저기~ 마일 님, 정말 죄송한 말씀입니다만…….】

'음? 뭐가?'

【마일 님 일행이 지하에 들어가신 뒤로 38일이 지났습니다…….】

'어?'

나노머신이 무슨 소리를 하는 건지 순간 이해하지 못하고 정신이 멍해진 마일.

【아니, 그러니까, 그때로부터 이미 38일이 지난…….】

나노머신도 지금까지 몰랐는지 말끝을 뭉갰다.

마일은 차근차근 생각해서 겨우 상황을 파악했다.

"시간 정체 필드! 슬로 워커가 말했던 그『타임 스케일 가변 장치』때문인가요! 그 자식, 자기가 열화되고 망가질 때까지의 시간을 조금이라도 더 늘리기 위해서 저희와 대화하는 동안에도 제일 안쪽 장치는 기능을 멈추지 않고 그대로 작동시켰던 건가요오오오오~!"

마일의 절규에 무슨 일인지 몰라 어리둥절한 레나 일행이었다…….

제117장 경고

"""""뭐어어어어~?!"""""

마일로부터 상황 설명을 듣고 경악하는 레나 일행.

그야 놀라겠지.

미래 방향이기는 하나 이것은 일종의 시간 여행이다.

그리고 레나 일행은 마일의 『일본 전래 허풍동화』를 통해 과거 또는 미래로 여행하는 개념에 대해 잘 이해하고 있었다. 물론 시간 여행자들이 흥분하다가 빠지기 쉬운 함정이나 교훈 이야기까지 포함해서.

"이번에는 그냥 시간만 흘렀을 뿐이니 타임 패러독스(시간 역설) 같은 걱정은 하지 않아도 돼요."

마일의 설명에 안심해서 가슴을 쓸어내리는 레나 일행.

그러나……

"하지만 저희는 귀중한 시간을 잃었어요. 원래라면 길드를 통해 전 대륙에 경고하고 이차원 세계에서 온 침입자에 대비했을 귀중한 시간을요……."

물론 이런 황당무계한 이야기, 절대 믿어주지 않았을 수는 있다.

하지만 마일을 비롯한 『붉은 맹세』는 많은 이가 신뢰하는 파티이며, 들키면 전부 잃을 것이 뻔한 거짓말을 굳이 할 이유는 없다.

게다가 급하면 메비스와 마일……아델의 귀족 가문명을 언급하는 방법도 있다. 그래서 어느 정도는 믿어 줄 가능성이 있었다.

그러나 38일이라는 시간 손실은 컸다.

너무나도…….

레나 일행 역시 그것을 이해했는지 자기들이『일본 전래 허풍동화』의 등장인물처럼 타임 패러독스 때문에 소멸하거나 시공간의 틈새를 영원히 헤매게 되지는 않았다는 사실에 안심하기는 했어도 낯빛은 좋지 않았다.

'나노, 현재 각 나라의 상황은……, 아, 안 되나. 나노들은 이 세계의 특정 세력에 가담하거나 편의를 봐줄 수 없으니 각 나라의 정보는 알려줄 수 없겠지…….'

속으로 그렇게 중얼거리는 마일이었는데…….

【아닌데요, 알려드릴 수 있는데요?】

'앗? 아아아앗?'

【이차원 세계에서 온 침입자는『이 세계의 세력』이 아니니까 마일님께 정보를 드려도『이 세계의 어느 세력에 가담』하는 것이 아니지요. 그리고 이번 같은 경우는 침입자 대 이 세계 사람들이라는 구도이므로 이 세계 측 사람들은 모두 같은 편, 하나의 세력으로 볼 수 있습니다. 그리고 저희 나노머신은 당연히 이 세계의 생명체를 지키는 입장이므로…….】

'나한테 정보를 줘도 동료들이니까 금칙 사항에 걸리지 않는구나!'

【그렇습니다.】

아무래도 나노머신들은 융통성이 꽤 있는 듯했다.

'그럼 슬로 워커한테 들은 것 말고 침입자들에 대한 정보 있어?'

【마일 님이 가마를 만드시는 동안 슬로 워커와 접촉해 침입자에 관한 과거와 현재의 모든 데이터를 받았습니다. 그리고 실시간으로 대륙 전체에 있는 동료들로부터 정보를 추가해 나노머신 중추 센터에서 분석하면 상당히 높은 확률로 이번 주 침입 지점과 그 시기를 예측할 수 있습니다.】

'좋았어! 역시 나노야!!'

【우후후! 이 정도쯤 저희에게는 일도 아닙니다! 나노머신의 과학력은 세계 제일!】

……왠지 나노머신의 흥이랄까, 상태가 평소와 달랐다.

마일은 그 사실을 알아차렸다.

상대가 사람이면 그가 어떤 상태인지 하나도 모르면서…….

'무리하지 마, 나노…….'

【앗? 무, 무슨 말씀이시지요?】

'슬로 워커의 말투가 생각보다 자연스러우니까 『자신들은 이런 원시적인 장치와는 달리 좀 더 인간 같은 사고와 말투를 구사할 수 있는 고도의 기계 지성체다!』라는 걸 나한테 알려주려고 일부러 무리하는 거잖아? 그러지 말고 평소처럼 해도 되는걸?'

【…….】

【《…………》】

【《{[……………………]}》】

주위 나노머신들이 얼어붙는 게 느껴졌다.

……해서는 안 될 말을 하고 말았다.

그것만은 알아버린 마일이었다…….

레나 일행은 아직 충격이 가시지 않았는지, 아니면 어떻게 해야할지 몰라서 정신이 멍한지 아직 입을 다문 채 가만히 서 있었다.

이럴 때 빨리 나노머신에게 정보를 얻어야 한다며 마음이 급해진 마일.

'어, 어쨌든 지금 세계정세를 알려줘! 그것부터 확인하지 않으면 우리『붉은 맹세』의 행동 방침을 정할 수 없고 뭘 해야 좋을지 모르니까!'

【네, 알겠습니다.】

그리하여 나노머신이 마일에게 들려준 것은…….

지금은 마일 일행이 동굴에 들어간 뒤로 38일 후.

그 사이, 오브람 왕국 왕도의 동쪽에 차원 균열이 발생했고 계속 열려 있는 상태.

그곳에서 마물이 대량으로 출현, 원래 이 세계에 있던 마물들과 합류해 서쪽으로 이동하기 시작했다.

오브람 왕국은 곧바로 주변 각국에 비상사태를 선언. 다른 나라의 군대와 용병이 국경을 넘는 것을 무제한 허가하고 구호를 요청.

각국은 이를 방치하면 오브람 왕국이 무너진 후 다음 차례는 자기 나라가 될 것이라며 상황을 올바르게 인식하고 자국 치안 유지와 만일의 사태에 대비한 최소한의 전력만 남기고 대규모 파병을 즉시 결정.

다만 아르반 제국은 많은 전력을 남겨두었기 때문에 티루스 왕국과 브란델 왕국은 어쩔 수 없이 아르반 제국과의 국경과 접한 귀족령의 영군을 잔류 조치했다.

현재 각국 연합군은 오브람 왕국 수도의 동쪽에 진을 치고 며칠 후면 몰려올 마물과의 전투에 대비하고 있다.

'……이길까?'

【마물의 수가 많다고는 하나 대부분이 뿔토끼, 코볼트, 고블린 등 무기를 가진 이 세계 성인 남자라면 전투직이 아니라도 어떻게든 해볼 수 있는 상대입니다. ……일 대 일이라면 말이지요. 오크 이상의 마물 대부분을 병사와 용병, 헌터들이 제압한다면 고블린 이하의 마물쯤은 놓친다고 하더라도 각 나라에 남아 있던 병력 그리고 참전하지 않은 용병과 헌터, 힘 있는 일반 남성들이 연합군 병사들이 돌아올 때까지 도시를 지킬 수 있겠지요. 또한 바로 뒤에 대도시가 있으니 보급 물자가 충분히 있다는 이점도 있습니다. 다만 그것은…….】

'그것은?'

【다른 나라 주민을 보호하기보다 자국민 보호를 우선해서, 다른 나라 파견군의 일부가 놓친 마물을 쫓아 전쟁터에서 반전 이탈하거

나 전투 시 자국 전력이 축나는 게 꺼려져서 정면을 다른 나라 군사에게 떠넘기는 등 바보 같은 짓을 하지 않을 때의 이야기입니다.】

'아~.'

【그리고 인간 군대 따위 식은 죽 먹기로 날려버릴 A등급 이상의 마물이 얼마나 많을지…….】

'……고룡 같은?'

【아니요, 적에 고룡은 없습니다.】

'아, 그런가…….'

그렇다, 침입자 측에는 지룡과 토룡, 비룡 같은 평범한 용종이나 아룡은 있을지 몰라도 고룡만은 없을 터였다. 절대로…….

그건 마일도 예상하긴 했지만 슬로 워커의 설명을 듣고 확신을 얻었다.

'하지만 애초에 거기는 메인 침입 지점이 아니잖아, 슬로 워커의 설명에 따르면 말이야…….'

【네. 하지만 인간들은 그걸 모르니까요…….】

'아~, 어쩔 수 없나…….'

그리고 이제 슬슬 시간이 다 되어갔다.

레나 일행이 설명을 요구하며 마일을 에워싸고 있었다.

"……자, 어떻게 된 일인지 설명해줄래……?"

레나가 그렇게 나오는 것도 무리는 아니다.

출발할 때 마일이 『돌아가면서 설명하겠다』고 말했었으니까.

그런데 도보가 아니라 스캐빈저가 짊어진 가마를 타고 돌아가게 되었고, 일렬종대로 늘어선 가마 세 대와 그 뒤에 마일이 서는 대열로는 대화하기 불가능했다.

그래서 이동 중 설명을 포기하고, 땅 위로 올라온 후 왕도로 이동하면서 이야기 나눌 예정이었던 것이다.

따라서 레나 일행은 아직 마일로부터 어떠한 설명도 듣지 못했다.

"……알았어요……. 그럼 슬로 워커에게 들은 이야기, 지금의 우리와 세계의 상황, ……그리고 지금까지 여러분에게 말씀드리지 않았던 저의 비밀에 대해 알려드릴게요……."

"""엥……."""

마일이 괴로운 표정으로 쥐어 짜낸 목소리를 듣고, 그 모습 그리고 마지막 말에 깜짝 놀라는 레나 일행.

물론 마일에게 지금까지 들은 것 이상의 비밀이랄지, 감추고 있는 이야기가 있다는 것은 다들 당연히 느끼고 있었다.

그리고 언젠가는 그 이야기를 들려줄 날이 올지도 모른다고 생각하지 않은 것은 아니었다.

……그런데 왜 하필 지금인가.

마일의 집안과 얽힌 문제가 일어난 것도 아니고, 출생의 비밀을 들려줄 상황도 아니다.

그런데 왜 세계의 위기에 관해 설명하려는 지금 그 이야기가 나온 것일까.

마일이 바보여서도 아니고, 이런 때 그런 농담을 할 사람이 아니라는 것 역시 모두가 잘 알았다.

그렇다면 그것은 지금 꼭 말해야 하는 이야기라는 뜻이다.

【괜찮으시겠습니까, 마일 님…….】

'응, 지금이 적기야. 물론 전부 솔직하게 털어놓을 생각은 없어. 나에게 전생의 기억이 있다는 것과 지구에 대해서는 말하지 않을 거야. 하지만 이 상황을 설명하려면 어느 정도는 털어놓지 않으면……. 아, 나노, 여기서 오브람 왕국으로 가는 병사들에게 메시지를 보낼 수 있을까?'

【현 상태에서 마일 님께 그 정도까지의 권한은 없습니다. 하지만……. …………잠시만 기다려 주십시오.】

그리고 몇 초 후…… 이것도 초고속으로 사고하는 나노머신들 입장에서는 꽤 긴 시간이었겠지만……, 나노머신이 마일에게 말했다.

【중추 센터를 통해 전 세계 나노머신들의 회의가 열렸습니다. 그 결과, 마일 님이 지금까지 하신 활약과 이 세계에 대한 공헌 그리고 저희 나노머신들을 즐겁게 해서 지루함을 날려버려 주신 것을 높이 평가하여 마일 님의 권한을 현재 레벨 5에서 레벨 6으로 올려드리는 안건이 가결되었습니다.】

'허억! 권한 레벨이라는 거, 나노들이 마음대로 올릴 수가……, 아니 당연한가. 신이 없는데도 종종 레벨이 오르는 인간과 고룡도 있고, 나노들 말고는 없겠지, 권한 레벨을 올릴 수 있는 존재는……. 그럼 권한 레벨 6이면 멀리 있는 병사들에게 정보를 보낼 수가…….'

【아니요, 불가능합니다.】

'뭐야, 그게에에에~!'

【그리고 이 세계는 지금 큰 위기에 직면해 있습니다. 그것도 이 세계 사람들의 자업자득이 아니라 외부에서의 일방적 침입으로 인해……. 조물주 님들이 부재중이실 때 일어나는 불의의 사태에 관해 몇 가지 기본 대처 사항이 설정되어 있습니다. 그중 하나, 『긴급 시 특례 레벨 업』을 적용합니다.】

'……그게 뭐야? 잘 모르겠는데…….'

【메비스 님이 예전에 말씀하셨던 『전장에서의 임시 서훈』 같은 것이라고 생각하시면 됩니다…….】

'그렇구나!'

마일은 대충 이해했다.

【그에 따라 마일 님은 권한 레벨 7이 되십니다. 권한 레벨 7이 되면…….】

'……낫토를 만들 수 있어!'

【별로 중요하지도 않은 거 계속 기억하지 말라고오오오~~~!】

　　　　　　　　＊　　＊

나노머신이 겨우 평정심을 되찾았다.

도대체 과거에 낫토와 관련된 무슨 일이 있었던 것일까…….

한편 레나 일행이 마일에게 설명을 요구한 뒤로 벌써 몇 분이 지났지만, 레나 일행은 그래도 참을성 있게 기다려 주었다.

……아마 마일이 속으로 이래저래 갈등 중이라는 생각에, 마일

이 스스로 결심할 때까지 기다려 준 것이리라.

마일과 나노머신의 뇌내 대화는 계속해서 이어졌다.

【이제 마일 님은 권한 레벨 7이 되셨습니다. 이 레벨이면 나노 네트워크로 전 세계 나노머신에게 마일 님의 명령을 전달할 수 있습니다. ……요컨대 멀리 떨어진 곳에 마일 님의 영상을 공간 투영하거나 음성을 전할 수 있습니다. 또한 마일 님이 확실하게 신뢰할 수 있다고 판단하신 분 몇 명의 권한 레벨을 한 단계 위로 올려드릴 수 있습니다. ……인간 전부 다 해달라고 나오시면 안 됩니다. 딱 몇 명만입니다. 그리고 물론 마일 님이 행사하실 마법의 위력이 대폭 늘어납니다.】

'그래……. 그렇구나…….'

【마일 님…….】

그 태도에 마일이 뭘 하려는지 대충 눈치챈 듯한 나노머신.

괜히 오랜 세월 활동하고 있는 것이 아니다. 그동안 수많은 생물의 행동을 지켜봐왔다.

감탄스러운 행동, 웃음이 나오는 행동, ……그리고 바보 같은 행동을…….

그리고 나노머신들은 생물들의 바보 같은 행동을 싫어하지 않았다.

게다가 앞으로 마일이 하려는 바보 같은 행동은 자신들의 조물주가 바랄 행위이기도 했다.

그래서 말릴 수 없었다.

아무리 그렇게 하고 싶어도 일에는 우선순위라는 게 있다.

그리고 그것이 프로그래밍 되어 있는 한, 만들어진 자(나노머신)
들은 어쩔 도리가 없었다.

【⋯⋯⋯⋯.】

'⋯⋯⋯⋯.'

"⋯⋯끝났어?"

"앗? 뭐가요?"

레나의 질문에 무슨 소리인지 몰라 되물은 마일.

"당연히 네 머릿속에 있는 친구와의 의논 말이지."

"허어어어어어어어억?!"

레나가 지적하자 경악해서 소리치고 만 마일.

"너 설마 우리가 모르는 줄 알았어? 그렇게 몇 번이나, 중요한
순간마다 갑자기 눈에 초점이 흐릿해지면서 입을 다물고 있다가,
그 후에 이상하게 상세한 설명을 시작하는 걸 계속했으면서⋯⋯.
그때는 늘 특정 방향을 보는 게 아니라 정면을 향한 채로 멍하게
있으니까 우리한테는 보이지 않고 너한테만 보이는 상대⋯⋯, 정
령이라든지 유령 같은 건 아닌 듯하니 상대는 네 눈에도 보이지
않고 또 너도 상대도 소리 내지 않고 대화하고. ⋯⋯그렇다는 건
네 머릿속에서 일어나는 일이라고밖에 생각할 수 없지. 다들 알
고 있었지만, 가만히 있던 건데, 네가 다 얘기해 줄 마음이 들었
다면 우리도 더는 모르는 척할 필요 없는 거잖아?"

"무무무⋯⋯."

마일, 어리벙벙.

"뭐야, 그게에에에에~~!"

* *

"……그럼 설명할게요."

마일이 겨우 평상심을 되찾았다.

"실은 저는 열 살 때까지만 해도 지극히 평범한 소녀였어요……."

'거짓말이네요.'

'거짓말.'

'거짓말하고 있네…….'

"그러다가 열 살 때 신의 나라에서 왔다는 정체불명의 생물한 테서『나와 계약하고 이 세계를 지켜줘』라는 말을 들었어요."

'아, 이건 진짜 같네요.'

'진짜 같아…….'

'아마 이건 진짜겠지…….'

"하지만 세계를 지켜달라고 해도 그게 무슨 소리인지 전혀 알 수 없었어요. 그래서 저는 평범한 소녀로 살면서 평범한 행복을 누리려고 했는데요……."

'아~ 그래서…….'

'그런 말과 행동을 해온 거구나…….'

'하나도 평범하지 않았지만…….'

"그런데 그게 아마도 이런 의미가 아니었나 하는……."

'아~.'

'아~.'

'아~…….'

"'그럼 어쩔 수 없나…….'"

모두 대충 파악했다.

"그러니까 너한테 『이 세계의 위기』를 어떻게든 해결하는 역할을 줬다는 거지? 신이…….'

"레나, 말투 좀!"

신에 대한 불경은 그냥 넘길 수 없었는지 폴린이 레나에게 핀잔을 줬지만, 레나는 하나도 아랑곳하지 않았다.

……뭐, 가족이고 소중한 동료고 전부 잃어버리면 신의 존재를 의심하고 싶어지기도 하겠지.

'……살짝 거짓말도 섞었지만 아마 신도 그럴 계획으로 나를 이 세계에 전생시켰겠지? 그게 아니면 답례 차원의 전생지로 이렇게 위험천만하고 대규모 재난이 일어나려는 세계를 골라주거나, 그렇게 지독한 부모에게서 태어나게 하거나, ……그리고 분명히 내 부탁과는 다른 치트 능력을 굳이 쑤셔 넣진 않았을 테니까…….. 조금 열받긴 하지만 뭐, 원래라면 죽어서 사라질 뻔했는데 살려주고 두 번째 인생을 즐기게 해준 것은 고맙게 여기고 있고, 레나 씨 일행과 마르셀라 씨 일행, 그리고 지금까지 만났던 많은 사람과 앞으로 만날 많은 사람을 구하기 위해서니까 기꺼이 응해줄게! 전생에서 내가 구했던 그 여자애도 지구에서 인류의 미래를 위해 열심히 노력하고 있겠지. 그렇다면 나도 이 세계에서 최선을 다해, 내가 이 세계에서 살았다는 증거를 남겨줘야지……. 그래, 메비스

씨가 자주 말하는 그거야. ……내 빛나는 목숨을 잘 보아라!'

그리고 마일은 설명했다.

지난 생과 이 세계로 전생한 것과 나노머신에 의한 마법 시스템 부분은 생략하고, 이 세계 사람들도 이해할 수 있는 선에서 여러 가지로 재편집해서…….

＊　＊

"그러니까 그『나노』라는, 신의 세계에서 찾아온 보이지 않는 사역마가『자신의 목소리를 들을 수 있는 소녀』를 겨우 찾아내 마법 소녀로 만들었다는……."

"네. ……뭐, 저는 원래도 마법은 쓸 수 있었지만요……."

"그래서 권유할 때의 대사가『마법 소녀가 되어줘』가 아니었던 거구나……."

지금까지 마일의『일본 허풍 전래동화』로 그런 쪽 이야기를 많이 들은 레나 일행은 이세계에서 온 정체불명의 생물이 소녀들을 속이고 자기들의 전투 행위에 휘말리게 해 이용하려는 수법에 대해 잘 알았다. 그랬기에…….

"마일, 괜찮은 거 맞아? 그『나노』인가 뭔가한테 속고 있는 건……."

메비스가 걱정스럽게 물었다.

"아, 네. 아무래도 이건 나노들의 사정에 의한 전투가 아니라 저희가 사는 이 세계를 지키기 위한 전투 같아서요……. 그러니까

지명했다면 받아들이는 수밖에 없다고 생각해서. 아하하……."

그렇게 말하며 씁쓸하게 웃는 마일.

"……죽을지도 모르는데."

"알아요. 하지만 제가 노력하면 많은 사람이 죽는 걸 막을 수 있을지도 모른다는 걸 알아버린 이상에는……."

설득은 무의미하다.

그걸 알기에 괜한 소리 하지 않고 그저 어깨를 움츠리는 레나였다.

"마일짱이니까요……."

"그래, 마일이잖아……."

폴린과 메비스도 같은 생각인 듯했다.

"……그럼 작전 회의를 해볼까요!"

"엥?"

폴린의 말에 어리둥절한 표정을 짓는 마일.

"……너 설마 혼자 하려고 생각한 건 아니겠지?"

"……하지만 아까 레나 씨가 본인 입으로『죽을지도 모른다』고……."

"말했지. 그게 뭐?"

이해할 수 없다는 표정으로 레나를 응시하는 마일.

"……마일. 만약 우리가 목숨 걸고 많은 사람을 지키려고 한다면 마일 너는『죽을지도 모른다』면서 너 혼자 달아날 거니?"

"아……."

"마일, 자기는 그렇게 하는 게 당연하다고 여기면서 우리는 안 그럴 거라고 생각하는 거야? 우리 무시하지 마!"

화나 있었다.

레나도 메비스도 폴린도.

그리고…….

"이 몸에 붉은 피가 흐르고 있는 한,"

"우리의 우정은 불멸!"

"우리, 영혼으로 이어진 네 동료! 그 이름하여……."

""""붉은 맹세!""""

             *   *

마일은 모두의 앞에서 주문을 외기 시작했다.

"신의 권속『나노머신』이여, 내가 신뢰하는 친구 일곱 명의 권한을 올려줘! 레나 씨, 폴린 씨, 메비스 씨, 마르셀라 씨, 올리아나 씨, 모니카 씨, ……그리고 마리에트 쨩!"

마리에트란 다른 동료들이 부재중이었을 때 시간이 남았던 마일이 혼자 가정교사 의뢰를 받아 가르쳤던 제자였다.

그렇다, 지나치게 귀여운 나머지 마일이 과도하게 신경 쓴 바람에 일이 어마어마하게 커져 버렸던 바로 그…….

"여러분, 이제 여러분도『나노』와 계약을 맺었습니다. 마법과 『기』의 위력이 향상되었으니 앞으로 연습해서 그 감각에 익숙해

지세요.”

＊　＊

　“앗, 저게 뭐야!”

　각국의 왕도에서. 여러 다른 도시에서. 마을에서.

　사람들이 하늘을 가리키며 소리쳤다.

　……그것도 무리는 아니다.

　대륙 각지에서 하늘에 떠오른 거대한 형상.

　그것은 거대한 사자 로고였다.

　가로놓인 사자의 얼굴 부분이 도려내지고 거기서 소녀의 얼굴
이 불쑥 튀어나왔다.

　은발에, 사람을 안심시키는 듯한 인상에, 반듯하면서도 어딘지
어리바리해 보이는 얼굴.

　그 소녀의 입이 열리더니…….

『크앙! 크아앙~!』

　사자의 머리 위에는 숫자가 떠 있었는데 일정 시간마다 숫자가
작아졌다.

　그건 분명 남은 시간을 나타내는 타이머였다.

　그리고 몸통 부분에는 이렇게 적혀 있었다.

〈잠시만 기다려 주십시오.〉

""""""""""저게 뭐야아아아~~!""""""""""
온 대륙 사람들이 하늘에 대고 소리쳤다.

특별 단편 원더 쓰리, 알바 뛰다

"지명 의뢰……라니요?"

길드 직원의 설명에 이상하다는 표정으로 묻는 마르셀라.

그들『원더 쓰리』가 이 도시에 도착해 헌터 길드 지부를 찾아 인사하자마자, 대뜸 직원에게 이끌려 면담실로 간 것도 모자라 난데없이 지명 의뢰를 받았으니, 누구라도 당혹스러울 게 뻔하다.

그들은 인사할 때 그냥 파티 이름과 등급을 말했을 뿐 잘하는 분야 같은 것은 전혀 알리지도 않았는데, 갑작스럽게 지명 의뢰를 받은 것이다. 그것도 높은 등급 헌터라면 모를까 어린 C등급 헌터인데…….

뭔가 다른 꿍꿍이가 있다고 생각하는 게 당연하며, 그렇게 생각하지 않는 헌터는 오래 살지 못할 것이다.

"……설명을."

올리아나가 싸늘한 목소리로 말을 재촉했다.

여기서 안일한 표정을 보인다면 세상 물정 모르는 소녀들이라고 얕잡아 보고, 위험하고 조건 나쁜 의뢰를 들이댈지도 모르니까 말이다.

그렇다, 지역 헌터에게는 맡기고 싶지 않은, 외지인에 덜떨어지는 헌터에게 떠넘기고 싶은 질 나쁜 의뢰 같은 것을…….

군이 외지인에게, 그것도 실력도 잘 모르는 소녀 파티에게 다른 헌터들에게는 비밀에 부치고 떠넘긴 지명 의뢰. 이에 구린 냄새를 맡지 못할 헌터란 없겠지.

길드 직원이 의뢰 내용을 설명하기 시작했다.

"그게 실은 이 도시의 귀족가 중 한 곳이 직업소개소를 통해 하인을 고용했는데요……."

그건 전혀 이상하지 않은 일이다.

귀족가라도 허드렛일을 하는 사람까지 상류 계급인 것은 아니다.

하급 귀족의 딸이 예의범절을 배우기 위한 경우는 극히 일부에 불과하고, 한다 해도 상급 귀족가, 거기서도 레이디스 메이드(시녀) 같은 상급 하녀에 한한다.

그 이외에 대부분의 하인…… 런드리 메이드(세탁 담당)나 스컬러리 메이드(설거지 담당) 등은 보통 일반 평민을 고용한다.

"고용된 하인 중에 몇 명이 귀성 휴가 기간에도 집에 안 돌아간 거예요. 심지어 전부 젊은 여성들이고……."

"""…………."""

묵묵히 이야기를 듣는 『원더 쓰리』.

"게다가 이틀 전에 그 귀족가에서 열흘 간 유기한 노동 계약으로 하인 다섯 명을 모집했어요. 귀성 휴가 기간에 다른 집을 방문하는 것은 법도에 어긋나는 일이고, 그 시기에 파티나 이벤트를 여는 멍청이는 없어요. 그 기간에는 최소한의 하인…… 귀성할 필요가 없는, 부모님이 두 분 다 이미 돌아가신 사람이라든지 나이가 많은 사람이라든지 그 도시 출신이라든지 나중에 따로 휴가를 받을 사람만 남겨두고 모두 조신하게 지내는 게 통례거든요. 그런데 젊은 사람을 고향으로 돌려보내지 않고 다섯 명이나 더 단기간 고용을 하는 것은 분명히, 그러니까…….."

"수상쩍다는 거네요?"

아무리 그래도 증거도 없이 귀족을 범죄자로 몰 수는 없어 말을 얼버무린 길드 직원에게 마르셀라가 태연하게 딱 잘라 말했다.

"아르바이트인가요……."

그리고 불쑥 그렇게 중얼거리는 올리아나.

"알바…… 말이지요? ……그?"

"네, 유기 노동 계약이란 다시 말해서『알바』예요. 아델이 말했던 영문을 알 수 없는 문구,『조간 때 주목, 석간 때 결심. 고베 신문 아르바이트 뉴스!』*인가 뭔가 하는 그거요. 조간, 석간, 고베 신문이 뭘 말하는 건지 알아내지 못하고 끝났지만요……."

"……."

"그러니까 그 하인 모집에 지원해서 잠입 조사를 하라는 건가요?"

"네. 의뢰 내용은 귀족 변태 영감의 행실 조사 그리고 귀성하지 않은 소녀들의 상황 확인입니다. 하녀인 소녀들이 귀성 휴가 기간에도 집으로 돌아오지 않으니 무슨 일이 있는 건 아닌지 걱정한 가족들이 돈을 모아 의뢰한 거예요. 그래서 의뢰비는 그리 많지 않습니다만……."

"젊은 여성이고, 이 도시 사람들에게 얼굴이 알려지지 않은 저

---

*고베 신문 아르바이트 뉴스의 정신.

희에게 딱 맞는 의뢰라는 거네요? 물론 그 의뢰……."

""""받죠!""""

＊　＊

"……그렇게 해서 하인 채용 시험을 치르러 왔는데요……."

"많네요, 수험자……."

단기 계약이라도 일단은 귀족가 하인이다. 같은 하인이라도 조금 유복할 뿐인 일반 가정에서 일하는 메이드 오브 올 워크(잡역부)와는 급이 다르다.

귀족가에서 일했다는 경력과 신뢰도는 시집갈 때도 강력한 무기가 되기 때문에 희망자가 많은 것이었다.

……설령 열흘뿐이라 해도『귀족가에서 일했다』는 이력은 결코 거짓이 아니니까.

그리고 아주 작은 가능성이기는 하나 그 자식의 마음에 드는 경우도 전혀 없지는 않다. 물론 정부인은 당치도 않고, 측실이나 정부겠지만…….

여하튼 그 집의 메이드 모집에 지원한『원더 쓰리』였는데…….

"귀성하지 않은 젊은 메이드들, 그리고 이따금 나오는 복수의 젊은 메이드 모집 공고……."

"조심해야 해요, 모니카 씨, 올리아나 씨……."

""""넷!""""

*　　*

"무슨 영문인지 셋 다 합격해서 채용되었는데 말이죠……."

그렇게나 응모자가 많았는데도 왜 그런지 모두 채용된 『원더 쓰리』.

한 명만 채용되어도 감지덕지로, 나머지 둘은 외부에서 지원할 계획이었는데.

"혹시 어린 순서대로 채용된 게……."

올리아나의 말대로 세 명은 아직 열네 살, 미성년자였다.

다른 응모자들은 모두 그래도 성인 나이였고, 마르셀라 일행 이외에 채용된 두 사람도 그중에서는 어린 편인 열다섯 살과 열일곱 살이었다.

"서, 설마……."

"아하하……."

불길한 예감이 드는 마르셀라 일행이었다…….

*　　*

"이제부터 여러분은 이곳 세드라크 자작가에서 메이드로 일하시게 됩니다. 열흘이라는 짧은 기간이기는 하나, 그동안은 틀림없는 세드라크 자작가의 하인. 그러니 그 이름을 더럽히지 않는, 자각 있는 행동이 요구됩니다."

제일 먼저 하우스 키퍼(가정부장)의 그러한 말을 들은 후, 하급 하

인의 설명이 시작되었다.

　……아무래도 우선은 일반 하급 하녀 일을 시킬 모양인 듯했다.

　아니, 그러려고 고용한 것일 테니 당연하겠지만…….

　단기 고용한 평민에게 상급 하인의 일을 시키는 사람은 없다.

　문제는 열흘이라는 짧은 기간 동안, 언제 진짜 역할을 요구하는가였다.

　　　　　　　＊　　＊

　"……마르셀라, 너 꽤 소질이 있구나. 너만 괜찮다면 정식 메이드로 일할 수 있게 하우스 키퍼에게 잘 말해줄 수도 있어."

　"앗? ……가, 감사합니다……."

　올리아나와 모니카가 아닌, 설마 했던 마르셀라가 높은 평가를 받았다.

　하지만 생각해보면 당연한지도 모른다.

　어쨌든 마르셀라는 귀족가 메이드가 하는 일에 대해 잘 알았으니까.

　물론 『모시는 쪽』이 아니라 『모셔지는 쪽』으로서 말이지만…….

　하지만 그건 모셔지는 쪽이 무엇을 원하는지를 잘 알고 있다는 뜻으로 신입 메이드가 파악하기 어려운 부분, 요컨대 주인이 어디까지의 서비스를 원하고 어디서부터는 쓸데없는 행동, 선을 넘는 행동이어서 귀찮게 느끼는지 그 경계를 분간하는 데에 능했다.

　……서비스를 받은 경험자니까 말이다…….

반면 비교적 유복한 상가의 딸이라고는 하나 그래봐야 서민인 모니카 그리고 진짜 서민 중의 서민, 서민의 순수 혈통인 올리아나로서는 그런 미묘한 판단이 가능할 리가 없었다.

그리하여 마르셀라는 어느샌가 신인 5인 그룹의 리더 자리에 올랐다⋯⋯.

* *

"수상한 구석은 없는데요⋯⋯."

일과를 마치고 잠자리에 들기 전, 인기척 없는 곳에서 소곤소곤 상의하는 마르셀라 일행.

"네, 그러네요⋯⋯. 일시적으로 하인 수가 줄어서 그걸 커버하려고 고용한, 평범한 임시 하인들. 그에 적합한 일밖에 없었어요, 청소랑 침대 정리, 그릇 정리, 물 긷기 등⋯⋯. 딱히 이상한 부분은 없었죠?"

"⋯⋯저로서는 왜 마르셀라 님이 메이드 일을 그렇게 잘 해내는지 이상해서 참을 수 없지만요⋯⋯."

"뭐라구욧?!"

모니카의 지적에 얼굴이 빨개지는 마르셀라.

가난한 남작가의 셋째 딸이어서, 하인 수가 부족해 스스로 이것저것 할 수밖에 없었던 것일까.

아니면 호기심으로 하인들 흉내를 내본 것일까.

어찌 됐든 귀족 자제로서는 창피한 일이었다.

"아니, 그런데 잘 생각해보면 수상한 구석이 있긴 해요⋯⋯."

"네? 그게 뭔가요?"

모니카의 지적에 머리 위로 물음표를 띄우는 마르셀라와 올리아나.

"우리 하녀, 특히 젊은 여성에 대한 대우가 지나치게 좋다는 점이에요! 뭐죠, 그 맛있고 양도 많은 식사에다가 아침 2의 종이랑 낮 2의 종 때 나오는 간식이랑 밤 2의 종 때 나오는 야식은! 그렇게 자꾸 나오면 살찌는데요!"

"안 먹으면 되잖아요⋯⋯."

"남기면 되잖아요⋯⋯."

"어떻게 음식을 함부로 남겨요! 천벌 받으려고!"

""⋯⋯미안해요⋯⋯.""

상인 집안의 딸인 모니카는 이런 데 예민했다. 아무리 상대가 마르셀라라도 잘못을 인정할 때까지 절대 물러서지 않는다. 그러니 빨리 사과하는 수밖에 없다.

음식 낭비와 관련해 끓는점이 낮아지는 것은 가난한 농가 출신인 올리아나가 더할 것 같은데 의외로 모니카가 훨씬 심하게 반응했다.

"어, 어쨌든 그건 이상해요! 하인들 식사에 그렇게 돈을 쓰는 귀족이 어딨어요?!"

"⋯⋯그래요?"

"앗, 그런가요?"

아무리 가난한 귀족이라지만 그래도 일단은 남작가 영애인 마르셀라는 자기 집에서 나오는 음식에 비해 소박하다고 생각했다.

……귀족 자제의 식사와 하인들 식사를 어떻게 비교하겠는가.

그리고 올리아나는 자기 집에서 먹던 것과 비교도 되지 않았기에 판단할 수 없었다.

학원 식당에 나오던 음식은 논외로 하고, 지금까지 집에서 먹어본 적 없는 맛있는 요리와 간식이라고만 인식해서, 귀족가의 하인들은 좋은 걸 먹는구나 하고 생각했을 뿐 의심할 여지가 없었던 것이다.

아무리 머리가 좋아도 판단의 근간이 될 정보가 없으면 방법이 없다.

"혹시 어린 여자애들을 먹음직스럽게 살찌운 다음에……."

""히이이익!""

"……그건 그렇다고 치고 저희가 여기에 온 목적인 의뢰 임무 말인데요……."

갑자기 진지한 표정을 지으며 화제를 전환하는 모니카.

아무래도 지금까지는 농담이었던 모양이다.

"성과 없음."

"이하동문……."

"저도요……."

그렇다, 세 사람이 보고 들은 한 자작가 당주도 가족들도 수상한 구석은 없었다.

지하실에 소녀들을 감금했다거나 밤중에 어딘지 모를 곳에서 소녀의 울음소리가 들려온다거나 당주가 종종 모습을 감춘다거나 하는 일은 일어나지 않았고, 하인들 역시 수상한 행동, 의심스러운 말은 물론이고 다들 몹시 상냥하고 서로 사이가 좋았는데…….

"……하지만 길드에서 들은, 귀성하지 않은 아이들의 특징에 들어맞는 아이는 못 봤죠?"

""………….""

그렇다, 그것이 문제였다.

"여, 역시 이미 당주의 독수에……. 마르셀라 님, 이렇게 된 이상 한시도 지체할 수 없어요! 다소의 위험을 무릅쓰고서라도 행방불명된 아이들을 조사해요!"

"그래요…….."

이렇게 하여 지금까지는 안전을 중시하는 소극적 정보 수집에 애써왔던 『원더 쓰리』가 종업원 취조, 지하에 숨겨진 방이 없는지 조사 등 적극적인 조사에 나섰는데…….

* *

"성과가 없네요……."

"벌써 내일이면 8일째인데요. 이대로라면……."

그렇다, 임시 고용 기간인 10일이 모두 끝나버리고 만다.

이번에는 잠입 조사라는 행동 자체가 의뢰 내용이었기에 성과가 없어도 의뢰 실패가 아니어서 위약금이 발생하지 않고 보수도 전액 받을 수 있다.

하지만 그것을 그대로 받아들일 마르셀라 일행이 아니었다.

하지만 아무 정보도 구하지 못한 상태로는 손쓸 방법이 없다.

마르셀라 일행은 마음이 급해졌지만, 시간은 무정하게 흘러가고…….

"결국 9일째가 되고 말았어요."

"내일이면 고용 기간이 끝나요. 지금까지 아무 성과도 없었는데…….."

불안해하는 마르셀라와 모니카와 달리 올리아나는 아직 포기하지 않았다.

"아니요, 그건 다시 말해서 일부러 어린 여성을 고용했건만 그런 저희가 내일이면 없어진다는 뜻이잖아요. 그러니까 저희에게 무슨 짓을 벌이려면 오늘 밤……."

""그렇군요!""

올리아나의 설명에 마르셀라와 모니카가 눈을 반짝였다.

그리고…….

＊　　＊

"아무 일도 일어나지 않았네요……."

""………….""

다음 날 아침, 밤새도록 침대 속에서 공격마법을 홀드(대기) 상태로 한 채 기다렸던 세 사람은 졸린 얼굴로 조식을 먹었다.

……볼륨감이 상당한 조식을…….

"그런데 오늘이면 끝나잖아요? 의뢰 달성으로서는 문제가 없지만, 소식이 끊긴 하녀들과 의뢰자인 그 부모들을 생각하면……."

"그건 잘 알죠. 하지만 방법이……."

""………….""

표정이 어두운 세 사람이었는데, 어쩌겠는가.

길드에서 정식 의뢰를 받은 자신들이 증거도 없는데 귀족을 붙잡고 심문할 수도 없는 노릇이다.

……그랬다간 헌터 길드 제명은 물론, 체포되어 사형에 처해지리라.

도저히 방법이 없었다.

그렇게 아침 2의 종의 간식, 볼륨감 넘치는 점심을 먹고 낮 2의 종의 간식까지 먹은 후.

웅성웅성 소란한 목소리가 들리더니 여성 십여 명이 통용문을 지나 저택으로 들어왔다.

"""……앗?"""

아무리 봐도 하녀들이었다. 바로 이 저택의 유니폼을 입은…….

그 구성 인원은 이제 막 성인이 된 듯한 소녀들 그리고 어느 정도는 나이가 있는 여성들로 명확하게 두 그룹으로 나뉘어 있었다. 그리고…….

"아앗!"

젊은 그룹은 길드에서 이 의뢰를 발주했을 때 들었던, 귀성하지 않은 사람들의 특징과 일치했다.

그 무리가 당주가 있는 곳으로 가서 뭔가를 보고한 후 해산했기 때문에, 그중에 입이 가벼워 보이는 어린 소녀 하나를 붙잡아 질문한 마르셀라 일행.

"저, 저기, 저희는 단기 계약으로 고용된 사람들인데요. 다들 어디 갔다 오는 거예요?"

마르셀라도 마음만 먹으면 얼마든지 평범하게 말할 수 있다.

평소에는 귀족답게 품위를 유지하는 말투를 일부러 의식해서 할 뿐이다. 일단은 평민 말투도 쓸 수 있다.

"아아, 우리를 대신해……. 고생 많았어. 그래, 궁금하겠지. 또 다음에 이런 모집이 있을지도 모르니까 그냥 말해버릴까……. 좋아, 대신 떠들고 다니면 안 돼, 맹세할 수 있어?"

"……네, 네……."

그리고 그 소녀의 말에 따르면…….

"여기 주인님이 식도락가셔서. 아주 민감하거든, 맛도 양도……. 그리고 만사를 자기 기준으로 생각하셔. 자기도 만족하려면 이 정도 양을 먹는데, 젊은 당연히 하인들은 더 필요하다고 생각하시는 거야……. 품성은 좋은 분이야, 평민한테도 친절하시고. 귀족 저택에서 일할 거면 여기를 강력하게 추천해. ……단, 나오는 음식을 남기지 않고 다 먹었다간……."

"""……다 먹었다간?"""

"……살쪄."

"""…………."""

"그리고 여기 고용된 후에 처음 귀성 휴가를 받는 사람은 깨닫게 돼. 이 배랑 볼살을 하고 고향에 돌아가 가족과 친구, ……그리고 관심 있는 남자에게 과연 그 모습을 보여줄 수 있을까 하고……."

"""아~……."""

다들 전모를 알아냈다.

"그래서 경험자인 선배를 코치로 삼아 다 함께 숲으로……."

이유는 들을 것까지도 없었다.

"우리뿐 아니라 코치한다고 선배들까지 대거 빠지니까 부족해진 일손을 보완하기 위해 고용한 게 너희. ……그렇게 된 거지."

"""…………."""

시답잖다……. 너무나 시답잖은 사건이었다…….

실망해서 어깨가 축 처지는 마르셀라 일행.

하지만 불행을 겪은 사람이 아무도 없었다는 사실은 기뻐해야 할 일이겠지.

일단은 말이다…….

"이제 우리도 내일이면『조금 늦은 귀성 휴가』를 갈 수 있어. 정말로, 여기 주인님은 좋은 분이시라니까……. 음식의 양만 적당하다면 완벽한데 말이지……."

아무래도 다들 모니카와 같은 생각의 소유자인 듯했다.

그리고 양을 줄여 달라고 부탁할 생각도 없는 듯…….

배고팠던 기억이 있는 사람이라면 나오는 음식을 전부 먹는다.

또 그중에는 대식가도 있을 것이므로, 그런 사람들을 생각하면 『식사량을 줄여달라』고 말하기도 어렵겠지…….

"……그런데 너희, 괜찮아?"

"네? 뭐가요?"

"……그대로 돌아가도……."

""""네?""""

"……."

""""………….""""

"""""…………….""""""

그리고 슬금슬금 손이 뻗어 나왔다.

마르셀라의 손이, 올리아나의 배에.

올리아나의 손이, 모니카의 배에.

모니카의 손이, 마르셀라의 배에.

그리고…….

꽉!

말랑말랑……

""""꺄아아아아악~~!""""

그리고 하우스 키퍼에게 부탁해서 어떻게든 하루만 더 머물도록 허락을 받고 여기 하인들 사이에 전해지는 다이어트 방법을 전수받는 마르셀라 일행이었다…….

작가 후기

여러분, 오랜만입니다, FUNA입니다.

능균, 드디어 16권!

출판사가 SQEX노벨로 바뀐 뒤로 세 권째입니다.

마일, 마침내 마족 마을을 방문하면서 모든 인간형 종족의 마을을 풀 컴플리트!

예상치 못한 수확. 그리고 예상치 못한 손님, 예상치 못한 초대자.

또 한 걸음, 세계의 수수께끼에 다가갔다…….

보육원에 자립할 수단을 마련해서 후환을 없앤 마일, 진지하게 나오기 시작하다!

마침내 이야기는 클라이맥스로!

다음 권도 기대하며 기다려 주세요!

마일 "크앙!"

레나 "여기는 빌딩도 고속도로도 없어!"

……그리하여 마침내 이야기는 막바지로…….

마일 그리고 『붉은 맹세』 멤버들의 내일은 어디에…….

마일 "폭렬 도처?"

레나 "아무도 모른다고, 그런 말장난!"

폴린 "마일짱, 『폭렬』은 어디에서 나온 거야, 그『폭렬』은!"

마일 "폭렬시공……."

레나 "『오네니사마*』인가?"

폴린 "무슨 만화의 제1화쯤 되나요!"

메비스 "아하하……."

코로나 백신 접종도 마치고 외출은 일주일에 두 번, 도보 3분 거리에 있는 마트 이온에 가는 것이 전부.

……그날은 반값 할인하는 날.

이번 주에 한 말은 "비닐봉지도 주차권도 필요 없어요"뿐!

레나 "저번에도 했잖아, 그 말은……."

폴린 "진보도 변화도 없네요……."

마일 "쉿! 쉿!"

메비스 "아하하……. 아, 맞다, 우리 이야기가 코미컬라이즈 되는 거 알고 있어?"

레나 "하? 이제 와서 뭔 소리 하는 거야, 메비스. 모리타카 유키 선생님의 4컷 만화는 원래 3권 예정이었는데 반응이 너무 좋아서 4권까지 연장 완결되었고, 네코민트 선생님의 본편 코미컬라이즈 는 선생님이 아프셔서 휴재, 현재는 재개 준비중이잖아……."

---

*애니메이션 『MAZE☆폭렬시공』.

메비스 "아니, 그것과는 별개로 SQEX에서 새로 만화화된대. 콘티 구성: 사쿠라이 타츠야 선생님, 작화: iimAn 선생님이고, 웹코믹 사이트 간간 온라인(ガンガンONLINE)에서 연재가 시작되었어. 그리고 몇 달 뒤에는 단행본(코믹스)이 나올 예정이야."

레·마·폴 "오오오오오오!"

그리하여 『능균』 코미컬라이즈, SQEX에서 리부트합니다. 잘 부탁드려요!

마지막으로 일러스트레이터 아카타 이츠키 님, 책 디자이너 야마카미 요이치 님, 담당 편집자님, 교정교열 및 인쇄, 제본, 유통, 서점 등에 종사하시는 관계자 여러분, 감상과 지적, 제안, 충고, 아이디어 등을 아낌없이 주시는 '소설가가 되자' 감상란의 여러분, 그리고 무엇보다도 이 작품을 읽어주신 여러분께 진심으로 감사드립니다.

그럼 또 다음 권에서 만날 수 있다고 믿으며…….

후기 같은 무언가

亜右逐樹

*아카타 이츠키

エルフ

*엘프

まぞく

*마족

WATASHI, NORYOKU WA HEIKINCHI DETTE ITTAYONE! vol.16
©2021 Funa, Itsuki Akata/SQUARE ENIX CO., LTD.
First published in Japan in 2021 BY SQUARE ENIX CO., LTD.
Korean translation rights arranged with SQUARE ENIX CO., LTD.
and Somy Media, Inc. through Tuttle-Mori Agency, Inc.

저, 능력은 평균치로 해달라고 말했잖아요! 16

2023년 01월 15일 1판 1쇄 발행

저　　　　자	FUNA
일 러 스 트	아카타 이츠키
옮 긴 이	조민정
발 행 인	유재옥
본 부 장	조병권
편 집 1 팀	김준규 김혜연 박소연
편 집 2 팀	박치우 정영길 정지원 조찬희
편 집 3 팀	곽혜민 오준영 이해빈
라이츠담당	김정미 맹미영 이윤서 이승희
디 지 털	김지연 박상섭 유영준
미　　　　술	김보라 박민솔
발 행 처	㈜소미미디어
인쇄제작처	㈜코리아피엔피
등　　　　록	제2015-000008호
주　　　　소	서울시 마포구 토정로222, 403호 (신수동, 한국출판콘텐츠센터)
판　　　　매	㈜소미미디어
마 케 팅	박종욱
영　　　　업	최원석 최정연 한민지
물　　　　류	백철기 허석용
전　　　　화	(02)567-3388, Fax (02)322-7665

ISBN 979-11-384-3543-7
ISBN 979-11-6611-317-8 (세트)